Contos de Natal

Antologia

Gerente editorial
Roger Conovalov

Diagramação
André Barbosa

Revisão
Alessandro de Paula
Rodrigo Pires Paula

Capa
Lura Editorial

Organizador
Daniel Moraes

Primeira Edição
Lura Editorial - 2021.
Rua Manoel Coelho, 500. Sala 710
São Caetano do Sul, SP – CEP 09510-111
Tel: (11) 4318-4605

E-mail: contato@luraeditorial.com.br

Catalogação na Fonte do Departamento Nacional do Livro
(Fundação Biblioteca Nacional, Brasil)

Contos de Natal / Lura Editorial – 1ª Edição – São Paulo, 2021.
Organizador: Daniel Moraes

ISBN: 978-65-84547-33-9

1. Ficção 2. Contos — Coletânea I. Título.

CDD: 869.3

Acesse:
www.luraeditorial.com.br

Organizado por

DANIEL MORAES

Contos de Natal

Antologia

lura

Apresentação

O Natal é uma das épocas mais fascinantes em todo o mundo, independe da crença ou da forma que ele representa, pois, em meio ao clima de harmonia e celebração, ali reinará a emoção desta celebração.

A simbologia em todos os elementos que compõem os ambientes, expressa por meio das histórias e da diversidade cultural, estimulam a solidariedade na humanidade, que foi criada na Idade Média e cultuada por todos os povos e tribos de geração em geração.

Não obstante, as grandes corporações comerciais absorveram a data como forma de propagar o consumo por meio da simbologia de presentear os entes queridos e, assim, criar aproximação e união, o que pode subverter o seu sentido mais nobre e pode vir a empobrecer os significados mais profundos dessa data.

Todavia, após um período histórico que obrigou a humanidade se confinar em suas casas por conta da pandemia que assolou o mundo todo, eis que surgiu, após o convite dos editores Roger Conovalov e Aline Assone para reunir autores que gostariam de se expressar com suas belas histórias natalinas, seja sobre o período nefasto que passamos ou até mesmo as histórias que nos encantam, para compor este copilado que acenderá uma luz dentro do coração de cada leitor.

Feliz Natal!

Daniel Moraes
ORGANIZADOR

Sumário

A loja de brinquedos

Por Daniel Moraes

Acordei com o sopro do vento me despertando de um sono profundo apesar do barulho constante das buzinas que, juntas, formavam uma cantoria ecoando pela cidade afora. Ainda era muito cedo, porém sempre ouvia esse som por várias horas do dia e da noite. Era nossa sinfonia mais precisa e contínua. Nunca falhava. Carros iam e vinham a todo momento pela 5ª avenida, acima de onde estávamos morando, desde a chegada do inverno, mesclando-se com as motocicletas que tinham uma buzina ainda mais estridente. E assim é a vida nesta cidade mesclada de carros, arranha-céus, buzinas, luzes e vozes. Nunca para.

Ao me levantar, vi que o sol não aparecera e muitas pessoas vestidas com seus casacos de veludo, lã ou cachemira, passavam por mim, por nós, e seguiam sua vida sem parar para pensar no que um menino da minha idade vestindo uma camiseta regata com um furo no meio, suja de graxa, cheirando a cachorro molhado, cabelo bagunçado e rosto com marca de cobertor quando dobrado ou amassado, embaixo da pele, marca feito uma prensa sobre o rosto. Fica lindo de ver. Ah, vá! Deve ser por isso que eles não me olham. Evitam fixar os olhos sobre mim. Sempre fixos em seus celulares. Olhando para a tela vendo algo, ou fingindo ler alguma informação para evitar olhar na minha direção. Deve ser a marca de cobertor no rosto. Ou a camiseta furada, penso. Ou porque não tenho a mesma blusa que a dele. Deve ser isso, completo o pensamento.

Voltei para dentro da estação quando mamãe falou para sair da geada, senão ficarei doente. Hoje geou bastante. A neve fez festa à noite inteira e deixou a cidade inteira branca. As árvores do Central Park estão pintadas de branco, iguais a uma tinta que foi jogada sobre suas copas. A grama úmida e verde ao entardecer, agora está toda branca e limpa. Parece uma chapa de madeira alva pintada de cal. Dá até para andar sobre ela, porém, mamãe deixa somente depois que trocar de roupa, colocar a blusa de lã com mangas bens maiores que o meu tamanho. Dá certa agonia, pois tem de dobrar toda vez que ela insiste em descer e rolar o braço abaixo. Um trabalhão, mas não tem jeito. A touca também. Coloco a touca e depois de estar bem agasalhado, posso ir lá na neve. É sempre divertido à beça!

Saindo pelas ruas geladas e cheia de gente com casacos e blusas de couro – sim eu ainda vou ter um casaco de couro para usar e ficar igual a eles – vou até a St. Patrick's Cathedral do outro lado da rua onde suas torres de estilo góticas, que dão para o Rockefeller Center, estão agora cobertas de gelo, igual às árvores do Central Park. Uma beleza de cenário que até me deixa com dores nos olhos. Ali escorrego por todos os lados, sempre enrolando a manga da blusa de lã que insiste em desdobrar. Vou até a esquina da rua com a forma da loja de brinquedos Schwarz, enfeitada com os mais belos enfeites Natalinos. Sempre saem pessoas carregadas com caixas e sacolas. Todas bem cheias de muita coisa. E, pelo jeito, se tratam de muitos brinquedos ou bolas coloridas que enfeitam as árvores e, também, luzes de várias cores e insistentes piscas-piscas. Costumo sentar na calçada e observar o movimento frenético de pessoas que entram e saem daquela grande loja. Ora acompanhadas, ora sozinhas. Sempre entram com uma expressão ansiosa e saem com sorriso no rosto carregando o que lhes trouxe a felicidade. Porém, em dias como hoje não me sento, pois a calçada está coberta de neve. Branca igual a tinta. Resta-me ficar andando de um lado para o outro olhando as pessoas e suas expressões de contentamento. Não sei, ao certo, qual o motivo, mas vê-las saindo com sorriso no rosto me traz felicidade.

Houve uma época em que houve um mal que assolou a humanidade. O mundo, que vivia em uma velocidade frenética e nunca parava, naquele tempo, parou. Mamãe falou. Ela disse que, em um piscar de olhos, as pessoas iam embora para nunca mais voltar. Morriam. Era o fim para quem fosse acometido por aquele mal. Em apenas ouvir, me dá um calafrio ao imaginar que poderia ficar sem a mamãe ou que eu fosse levado pelo mal, que hoje sei que se tratava de um vírus. Sem dúvida ficaria muito entristecido se ela fosse levada. Todavia, ela está comigo e me traz muita felicidade, mesmo que não tenha conseguido me dar um presente de Natal que tanto queria. Mas tudo bem. Mamãe não foi levada pelo vírus e ainda está comigo, sempre ao meu lado me protegendo. Isso é muito bom! Me deixa feliz todos os dias.

Não passou muito tempo, e logo mamãe me chamou para voltar para casa. Não é uma casa igual a casa de todo mundo, mas é nossa casa. A minha fica abaixo da rua, no canto esquerdo da estação, de onde passam muitas pessoas muito rápido, sem sequer olharem para o lado; sem me notar. Mas a nossa casa fica bem próxima da parte que recebe muitos frequentadores, não somente os que vão na loja de brinquedos Schwarz, mas também todos os moradores que decidem descer nesta estação para ir às lojas, ir na St. Patrick's Cathedral ou andar no Central Park para correr, tirar fotos com os esquilos que insistem em ficar correndo entre as pernas dos visitantes, subindo as árvores e até mesmo subindo nos bancos da praça. Eu queria um esquilo, mas não consigo tê-lo por dois motivos: um, ele não irá ficar parado dentro de casa igual os cães do John, nosso vizinho; dois, eu nunca iria conseguir pegar um desses. Esquilo é igual a rato: tem de montes e estão em constante movimentação. De cá para lá. De lá para cá. Igual a nós que moramos nesse tipo de casa que se muda. Um tempo aqui na estação e tão em breve vem uma turma de homens vestidos de coletes laranjas e prancheta nas mãos pedindo para irmos embora para outro lado da cidade onde não tem mais loja de brinquedos. Às vezes temos sorte de ter uma vista muito boa, mas os vizinhos nunca são os mesmos. Se misturam muito e raras as vezes nos encontramos. Exceto o John e seu cachorro, que já é vizinho desde a terceira mudança. Sempre nos acompanha. Isso me deixa muito contente. O que me deixaria triste é deixar a loja de brinquedos para trás. Mas se um dia for embora com nossa casa para outro lugar, peço para mamãe me trazer até a loja de brinquedos Schwarz. E nossa casa é assim: muda de um canto para outro sem que possamos criar raízes iguais aos prédios e casas da cidade. Mas é claro que elas são feitas de cimento e tijolos, não são iguais a nossa: feita de lona preta e cobertores doados. É pequena, apertada e simples, mas não posso reclamar, pois ela sempre diz que a casa pode ser simples, mas temos onde morar. Pior se não tivéssemos nem mesmo a lona. Aí seria difícil de suportar o frio que está fazendo, igual a hoje.

Já dentro de casa, mamãe mandou ficar dentro de casa pois o frio está de matar e, eu não posso ficar me aventurando sempre por aí sem a blusa adequada para este inverno. Devo me agasalhar e ficar dentro de casa. Ela preparou ovos e bacon que adquiriu no mercado onde tem amigos que lá trabalham e vamos comer agora, pois encher a pança no frio ajuda a manter a saúde em dia. Com fome nessa nevasca pode ser muito ruim. Levar até a morte. Ela mesma contou que em um dos finais do ano viu uma tia morrer na noite gelada pois não tinha nada para comer. Cansada, sentindo dores no estômago, tal como as demais pessoas que moravam na casa, se deitou e dormiu. Estava tão fraca que não acordou nunca mais. Foi o final de ano triste para todos da família. Eu não tinha nascido, mas ela conta como se fosse ontem. Por isso, comida e agasalho sempre são bem-vindos em nossa casa. E assim vivemos diariamente cada novo e glorioso dia.

Passando a tarde em casa ao lado dos meus carrinhos e o boneco Ted, exploro as maiores aventuras que alguém pode imaginar. Na última nevasca que preencheu a cidade, fiquei em casa sem poder sair para canto algum, pois seria impossível ficar na rua. Mesmo com blusa, era impossível. Fiquei tremendo feito uma vara. Fui lá fora apenas para pegar um pouco de neve e levar o Ted e seus carros para os picos montanhosos da cidade. Lá ele enfrentou a forte ventania causada pelo sopro do dragão vermelho furioso que se escondia atrás das árvores que se erguiam até o céu. Igual às arvores da parte em frente à loja de brinquedo. Foi uma aventura e tanto, pois quando o dragão achou que iria derrotá-lo, Ted foi mais forte e o derrotou com sua espada. Logo voltou para casa, bem na hora que mamãe me chamou para tomar chá com biscoitos. Estavam murchos, mas estavam deliciosos. Hoje Ted retorna para a cidade em busca de novas aventuras e levarei o furgão vermelho de uma porta. Já ganhei assim do meu tio que vem nos visitar de tempo em tempo. Ele mora em outra casa com sua esposa grávida e já é pai de duas meninas, minhas primas.

Na última vez que veio em casa, ele as trouxe e passamos várias horas brincando de pique-esconde entre as casas até nos cansarmos. Depois fui até a porta da loja de brinquedo, e elas ficaram deslumbradas com a dimensão daquela loja. Os ursos enormes junto às demais pelúcias as deixaram estupefatas! Eu, claro, fico sempre olhando para os robôs do filme Transformers. São enormes e parecem estar vivos olhando a todos que passam por eles. Elas queriam entrar, mas disse que não poderiam, pois mamãe disse que somente quando alguém nos levasse até a loja, pois é apenas para outras pessoas que vivem nos prédios da cidade. Minhas priminhas disseram que tinham vários brinquedos de montar, bonecas, pula-pula e piscina de bolinha. Embora nunca tivesse ido a uma piscina de bolinha, me vi entre as cores que saltariam alegremente para o alto. Mas como a tia, esposa do meu tio, nunca tinha deixado-nos ir lá à casa deles, nunca veria a piscina. Acabei ficando na vontade mesmo.

Nessa tarde, Ted iria percorrer a cidade e não lutaria com dragão, mas com certeza tentaria brincar em alguma piscina de bolinha. Ted sempre conseguia fazer o que eu não tinha condição de fazer. E isso me deixava feliz. Gostava muito das aventuras que vivíamos juntos. Passamos a tarde assim, até o anoitecer e mamãe mandar eu ir dormir cedo, pois quando acordasse, seria véspera de Natal e teria que arrumar a casa para reunir com os vizinhos que viviam igual a nós: mudando a cada temporada.

Quando acordei, me dei conta de que a neve tinha caído a noite toda e ao amanhecer apenas as ruas estavam sem neve. O restante, tudo em branco. Tomei um chocolate que mamãe tinha guardado da última sacola trazida por meu tio e como ela mesma disse, guardou para eu tomar na véspera do Natal. Comi biscoitos com desenhos de animais sobre o recheio. Meu tio acertou em cheio em trazer o meu preferido. Logo depois saí de casa e fiquei em frente à loja de brinquedos vendo uma multidão de pessoas que se aglomeravam na fila que se estendia e dava volta no quarteirão. Da loja, saíam diversas pessoas com sacos de presente e muita alegria estampada no rosto. Queria ter a chance de entrar na loja e ter um saco desses com algum brinquedo para mim. Poderia ser qualquer um que pudesse juntar ao Ted. Mamãe sempre me diz que quando pedimos com muita vontade, fé, podemos conseguir. Estava em pé ao lado de uma árvore e ali fechei com força meus olhos bem assim, sem ver nada, e desejei que Papai Noel me presenteasse naquele Natal. Agradeci ao bom velhinho e pedi que ele se lembrasse de mim neste ano.

Ao abrir os olhos, um velhinho que estava na fila veio em minha direção. Foi aí que percebi o quanto ele me olhava desde que cheguei no parque. Perguntou o que eu fazia ali e onde morava. Disse que iria todos os dias desde que nos mudamos para lá e logo quis saber sobre meus pais. Contei que morava com minha mãe e hoje havia tomado chocolate com biscoitos recheados. Ele ficou me olhando com ternura em seus olhos e disse para lhe mostrar onde ficava minha casa. Apontei para a estrada da estação e logo ele acenou afirmando que havia entendido. Ele me disse para tomar cuidado e não ficar no frio congelante senão poderia ficar doente justo no dia do Natal. Fiquei observando aquele homem que retornou para a fila, falou com uma mulher um pouco mais nova que ele e logo a atenção de ambos foi direcionada a mim, eles sempre falando algo e olhando em minha direção. Assim que a fila avançou e ambos entraram na loja, saí do local onde estava e fui explorar as redondezas da St. Patrick's Cathedral e até onde dava aquela longa fila. Qual sua extensão e onde estaria a última pessoa? Muitos olhares eram direcionados a mim, porém, em sua grande maioria, já voltavam para seus celulares ou para outras pessoas que ali estavam. Naquele momento, senti uma pontada de tristeza, pois não teria os mesmos brinquedos que eles teriam para si. Senti-me só num mundo de neve e frio. Papai Noel somente atendia aqueles que moravam em casas fixas. Nós que mudávamos com frequência e usávamos lonas pretas não poderíamos receber o bom velhinho, pois ele nunca iria saber ao certo onde morávamos.

Entrei na estação, desci as escadas, que tinham um número expressivo de pessoas subindo as ruas, e fui para casa. Entrei quando mamãe preparava uma sopa de batata e temperos trocados com os vizinhos que moravam no outro lado da estação. Sentei-me um tanto quanto melancólico e senti o peso de viver nessas condições. Nunca teria uma piscina de bolinha ou receberia um presente de Natal, essa era nossa situação e não poderia reclamar.

Mamãe serviu a sopa e viu que eu estava amuado. Pediu-me para que não ficasse assim e logo nossa vida poderia mudar. No próximo ano, após o ano novo, a antiga patroa a chamaria para trabalhar e eu poderia ter tudo que quisesse. Fiquei animado de saber que poderia entrar na loja de brinquedos Schwarz e escolheria o que quisesse. Se estava entristecido, fiquei entusiasmado por saber que após a virada do ano tudo seria diferente.

Comi duas vezes a sopa e fui brincar com meus carrinhos na calçada da estação, próximo da saída de pedestres, onde havia neve se dissipando sobre um montinho de gelo, duro como pedra. Não sei por quanto tempo fiquei por lá em minha aventura, hoje sem o Ted, apenas apostando corrida com os carros na neve. Era muito legal poder fazer as rodas dos carrinhos deslizarem sobre o tapete branco da neve. Somente parei quando fui interrompido pela aproximação de duas pessoas que vieram em minha direção e me chamaram de *menino*. Perguntaram sobre a mamãe e logo a chamei. Ela apareceu em prontidão na frente da porta da casa.

Reconheci o velhinho e sua senhora que, de perto, parecia mais jovem que ele, porém, mantinha a feição de uma pessoa bem mais velha, apesar do cabelo branco penteado e os colares de bolinhas brancas, que eu não fazia ideia o que eram. Ele, se aproximando, disse que me viu no parque e, ao falar rapidamente comigo – mamãe estava se aproximando de onde eu estava e me olhou de soslaio, séria, com o cenho franzido; um olhar de reprovação –, e disse que ao comprar os presentes de Natal para os netos se compadeceu de mim, de nós, e pediu permissão para nos dar um presente, caso ela aceitasse. Concordando, mamãe ficou olhando para mim e, me entregando um pacote com vários desenhos coloridos, agradeci ao abraçar o pacote. Senti o rosto queimar ao olhar para ele, que sorria enquanto eu não sabia ao certo o que fazer naquele momento, até ele passar a mão na minha cabeça e logo entregou para minha mamãe um envelope pedindo para ela comprar alguma comida saborosa para a noite de Natal. Despediu e foi embora sentido o fim da rua.

Corri afoito, descendo as escadarias da estação e, quando me sentava no banco da estação onde morava um amigo da minha mãe, ali mesmo abri o pacote e me surpreendi com seu conteúdo: uma blusa azul e vermelha, uma caixa com 12 carrinhos pequenos, um boneco de herói com espada e um dragão de borracha. Mas o mais legal foi o pacote que continha diversas bolas coloridas e uma lona azul. Era a piscina de bolinha. Dei pulos de alegria e parei ao ver que era tudo o que gostaria de ter como presente. Segurando a sacola com todos aqueles presentes, corri novamente pela escadaria da estação até a saída, onde os dois velhinhos partiram em direção à 5ª avenida e nada vi, exceto os carros em constante movimento junto à neve que reinava absoluta sobre as calçadas.

Não sei se meus ouvidos pregaram uma peça ou se em algum lugar realmente aconteceu, mas ouvi nitidamente um sino que badalava distante e contínuo. Naquele instante, percebi que anunciavam a chegada do Natal. Toda a tristeza se esvaiu, a esperança brotou no meu coração e um único sentimento surgiu: a renovação. Tudo ficaria bem. Pela primeira vez, sabia o que era o espírito benevolente do Natal, que me trouxe alegria.

Abraçado aos meus brinquedos, voltei sorrindo para nossa casa ao lado da mamãe, ouvindo ainda os sinos que badalavam em algum lugar. Sabia de fato o que era felicidade!

Um conto sem Natal

Por Ana Carolina Delmas

Clarisse mal podia acreditar em sua sorte. Ali, jogada o lado de uma caçamba de lixo naquele beco escuro e fétido, estava a figura que ela tanto queria ver. Não sabia ao certo como deveria ser, mas tinha certeza de que era ele. A única figura que faltava: o menino Jesus.

O Natal fora proibido desde que as guerras do mundo se esconderam atrás de preceitos morais e religiosos. Em nome da igualdade, todas as festas religiosas haviam sido abolidas. E a maioria das manifestações culturais também. Em nome da paz, celebrava-se a intolerância. Fora-se o tempo em que museus estavam a salvo do fogo. Fora-se o tempo em que as últimas semanas do ano se viam enfeitadas com árvores de Natal, trocas de presentes e uma farta ceia típica. Fora-se o tempo em que o jejum e as peregrinações não eram associados com algo ruim. Fora-se o tempo em que os oito dias do festival das luzes eram permitidos e respeitados.

Mas Clarisse nunca vira nada dessas coisas. Sua mãe mal se lembrava desses tempos. Fora sua avó quem lhe contara, quem lhe descrevera em detalhes tão minuciosos e vívidos que Clarisse podia sentir o cheiro dos pinheiros e o gosto feliz das comidas

Natalinas. Ouvir o riso das crianças ao abrirem seus presentes, sentir a ansiedade de aguardar pela figura do Papai Noel, uma figura ao mesmo tempo encantadora e sem qualquer sentido. Sentir a alegria dos biscoitos enfeitados com pequenas árvores, feitas com buraquinhos furados por garfos. O calor das luzes do Hanuká, o candelabro de nove velas. E encontrar um conforto efêmero de saber que havia respeito por aqueles cujas comemorações e tradições eram outras.

Mesmo com todas essas memórias emprestadas, o que falava mais alto ao seu coração era o Natal. Perdera a conta de quantas vezes sua avó lhe contara a história de seu livro favorito, *Um conto de Natal*, de Charles Dickens. Não pela excentricidade do personagem principal, mas pela esperança de que o mundo poderia ser como aquele velho rabugento e um dia voltar a ser um lugar caloroso. O livro era guardado com muito cuidado na humilde casa onde moravam as três mulheres, uma vez que a esperança era considerada o mais subversivo dos sentimentos. E, ainda assim, por causa de pessoas como Clarisse, sua mãe e sua avó, ela se espalhava junto com a empatia e a solidariedade.

Quarenta anos antes, quando a economia começou a ir mal e um governo que prometera ajuda a todas as camadas sociais se tornou extremamente corrupto, a insatisfação deixou um vazio de poder naquele país. E Clarisse aprendera nos livros de História, especialmente naqueles sobre grandes guerras intolerantes, que isso é a coisa mais perigosa que pode acontecer a um lugar. Esse vazio permite que aqueles que gritam mais alto sejam populares e aclamados, não importa que estejam gritando absurdos. Assim, um governo extremista tomou conta, aos poucos, da democracia. Um por um, os direitos foram sendo extirpados, sempre sob a máscara da tolerância e da virtude. A máscara mais poderosa de todas.

Assim como a rã que é colocada na água fria para ser escaldada viva aos poucos, a democracia foi sendo sufocada. Pois, até que os direitos de cada camada da sociedade fossem atingidos, era fácil não se importar com o sofrimento dos demais. Mas a água ainda não atingira o ponto de fervura, e a esperança também é o mais resiliente dos sentimentos. Talvez o mais estúpido deles, mas o mais resistente de todos.

A jovem segurou a pequena figura entre as mãos, o rostinho intacto ladeado pelas bordas lascadas da manjedoura. Então uma manjedoura era assim. Clarisse sempre achara que era um nome pomposo e engraçado demais para o lugar onde comem os animais. Mas um nome adequado para o aconchego que simbolizava: o calor que vinha da simplicidade e da solidariedade, mesmo que essa viesse dos animais. E como a humanidade poderia aprender se olhasse com mais atenção para eles, pensou ela. Assim como fazia seu melhor amigo, Gui. O jovem que era seu anjo da guarda, seu amigo, seu porto seguro.

O presépio era seu símbolo Natalino favorito. Mostrava uma família, perseguida, empobrecida, unida na adversidade, sujeita à maldade humana e, ainda assim, resiliente. Perseverante. Para Clarisse, a importância do presépio transcendia os significados religiosos. Para ela, havia Maria, uma mulher forte que colocara seu filho acima de tudo. José, um homem generoso que aceitara aquele bebê, ainda no ventre, como filho. Jesus, a salvação, a renovação. Os animais eram feitos de pureza e afeto. Os reis magos representavam generosidade e compaixão. O anjo era a personificação da bondade e a estrela era a luz, a esperança de dias melhores porvir. O presépio significava para ela uma forma de lidar com a dura realidade, algo para se contemplar e sorrir.

Quando Clarisse tinha oito anos, sua avó lhe dera Maria, uma imagem que ganhara décadas atrás, em sua primeira comunhão, em um mundo que não existia mais. E Clarisse começou a buscar pelo restante, a buscar pelo seu presépio, não importando de que material fosse feito, em que canto ou lixo estivesse jogado. Apenas Gui sabia disso. E Gui lhe dera o melhor presente de todos: a estrela. Era como se ele tivesse encontrado mais uma forma de lhe dar esperança.

O presépio que ela recolhera aos poucos e em todos os lugares tinha diferentes cores e tamanhos, formas, origens e materiais. Havia figuras vindas da Escandinávia, dos Estados Unidos, da América do Sul, da África, da China. Esculpidos, modelados e fabricados quando essa divisão geopolítica ainda existia.

Maria era uma figura de porcelana de uns vinte centímetros, em tons de branco, azul e bege. Tipicamente uma imagem do catolicismo europeu. Como havia pertencido a sua avó, estava intacta e resguardada, o que lhe conferia um contraste interessante com relação às demais imagens, a maioria com sinais do tempo e de descuido. José, por sua vez, tinha a pele morena e trajava roupas típicas andinas, advindo de algum presépio da América Latina. Eram alguns centímetros menor que Maria. Os três reis magos foram um achado inacreditáveis. Talhados em madeira em um só bloco, eram de uma cor ferruginosa, com feições angulares das ferramentas de carpinteiro. Cada um trazia nas mãos um dos presentes, que Clarisse sabiam ser mirra, incenso e ouro, mas que a menina não conseguia discernir qual era qual. Eram um conjunto grande, que foi colocado ao fundo, tornando-se resguardo para os animais.

Esses eram o apanhado mais eclético do presépio. Os primeiros a serem encontrados foram uma vaca de resina, depois um burro de metal e, algum tempo depois, duas ovelhas de madeira com lã. Porém, Clarisse não tinha coragem de negar espaço para as figuras que encontrava, e o conjunto zoológico que prestava homenagem à Sagrada Família se expandiu para uma coruja de resina, um pato de madeira, uma capivara de um material que lembrava concreto e muitos outros, até uma família de patinhos de borracha.

O anjo era um pequeno e delicado anjo da guarda de vidro, com cerca de dez centímetros, translúcido, que captava a luz e parecia estar mesmo envolto em um halo de luz divina. E havia a estrela. O presente de Gui. Feita de um metal avermelhado, que, a julgar pelos pontos oxidados e azulados, devia ser cobre. Clarisse conseguira polir alguns pontos da cauda e o centro, concedendo à estrela uma aparência de estar se movendo no céu. Ou melhor, no ponto da parede em que estava pendurada sobre todo o resto.

E agora tudo estava completo. O menino Jesus, feito em madeira e tecido, tinha a pele negra. Deitado sobre as palhas da manjedoura, era plácido, sereno, acalentador. Todas as imagens convergiam para ele. Para a esperança.

Mas era preciso manter sigilo. Algumas poucas pessoas sabiam de sua existência. O presépio de Clarisse era, provavelmente, um dos últimos do mundo. Praticamente todas as imagens religiosas haviam sido queimadas ao longo dos anos, sob o lema de que a religião, todas as religiões, causavam ódio e discórdia.

Obviamente, como todos os segredos, este também se espalhara. Sem que Clarisse soubesse, seu tesouro se transformara em sussurros, que viraram lampejos de esperanças e, por fim, assumiram o lugar de símbolo de resistência.

Os olhares começaram a se dirigir para Clarisse e para a casa dela. E então se transformaram em sorrisos. Sem que ela soubesse, tornara-se parte do presépio que tanto amava. Clarisse era a pomba da paz, a boa nova, a esperança.

Meses depois de encontrar o menino Jesus, fora interpelada na rua por um senhor muito idoso que lhe pedira informações sobre onde se encontravam. Quando já estavam se afastando, o senhor pegou delicadamente as mãos de Clarisse e falou:

– Um presente para seu segredo.

Antes que Clarisse pudesse entender o que estava recebendo, o velho desaparecera. Ela aguardou até chegar em casa para abrir o pequeno embrulho. Um pano velho e surrado, porém ainda macio, guardava uma estrela de Davi de prata, que foi colocada bem na frente dos Três Reis Magos, como se fosse um dos presentes.

Poucos dias depois, enquanto caminhava de volta pra casa, Clarisse foi abordada por uma criança, que lhe entregou um bilhete.

"Procure sob a pedra verde no seu jardim."

Ela apertou o passo e correu para casa, sabendo imediatamente onde procurar. Lá estava um pequeno pacote pardo, guardando a imagem de um orixá de madeira, enfeitado com tecidos coloridos tipicamente africanos e búzios. Clarisse não sabia quem era exatamente aquela figura feminina, mas ela emanava uma energia própria. Clarisse a colocou em um pequeno espaço entre os animais e o pequeno estábulo que construíra de papelão e palha.

Naquela mesma madrugada, a jovem ouviu pequenas batidas na frágil janela da casa em que morava. Com medo, ela olhou pelas frestas da madeira e viu uma pequena estátua de mármore. Um Buda. Entendendo o presente, pegou aquele símbolo de iluminação e o colocou ao lado da Sagrada Família.

Aquele presépio agora significava tudo que a ditadura pretendera exterminar, mesmo vendendo a imagem exatamente oposta. Fraternidade. União. Respeito.

Clarisse contou a Gui sobre os presentes que recebera. De como o presépio havia agregado tantas religiões distintas. E foi, nesse momento, que o rapaz decidiu contar-lhe a verdade. Entendeu que Clarisse ao mesmo tempo era um sopro de esperança e começaria a correr perigo.

– Clarisse, você sabe que muitas pessoas estão anestesiadas dentro dessa ditadura em que vivemos. Que não se importam com tudo que foi proibido, extirpado, porque não as atinge diretamente.

– Claro que eu sei. Mas por que você está me contando isso agora? É por causa do presépio? Porque muita gente já sabe que ele existe?

– Exatamente. Mas, também, porque existe a resistência.

– Eu sei! Sempre quis fazer parte disso, fazer alguma coisa.

Gui suspirou. Não havia maneira fácil de contar aquilo.

– Eu sou o líder da resistência. Nunca deixei que você entrasse no movimento. Você vai me odiar por isso, mas eu sempre quis proteger você.

– O quê? Mas como? Você nunca disse nada. Eu nunca desconfiei.

– Sei disso. E peço desculpas. E peço desculpas também pelo que vou te pedir agora. Eu odeio isso, mas o seu presépio e você se tornaram grandes demais. Importantes demais. Preciso que você confie em mim e me ajude. Que mergulhe de cabeça na resistência.

– Estou dentro!

Gui ficou espantado e, ao mesmo tempo, orgulhoso. Sabia da coragem dela, do seu coração enorme, mas Clarisse sequer titubeara. Ela e o presépio agora seriam fundamentais para a tentativa de derrubar o governo. A situação estava insustentável, então era ser livre ou morrer.

Ele se recusou a levar Clarisse ao local secreto da resistência. Sabia que a casa dela estava sob alguma forma de vigilância e não a colocaria em risco. Mas os dois passaram a noite e a madrugada planejando. Montaram cartazes com a imagem do presépio e dizeres de esperança. Outros, com palavras de mudança, todos a serem espalhadas de forma on-line. Fizeram o que podiam para driblar a censura. Gravaram áudios e vídeos para serem disseminados nas redes sociais. Clarisse e seu presépio se tornaram o rosto da revolução.

Nenhum ato de violência foi incitado. Porém, a elite que estava no poder era tão segura de si que promovia eleições de dez em dez anos. Não era necessário partido ou burocracia, uma vez que o medo levava as pessoas a votar sempre nos mesmos. E as próximas eleições seriam em poucos meses. Era preciso fazer de tudo para serem ouvidos, para mobilizar os votos em favor da liberdade. E assim foi feito.

Na véspera das eleições, o vídeo preparado fora jogado na rede. Ao som de músicas religiosas e das mais variadas etnias, uma mesa vazia, com uma toalha branca. Um estábulo simples fora colocado sobre ela. Depois os animais. Os reis magos. Os símbolos de diversas religiões. José. Maria. E o menino Jesus.

Era isso. Simplesmente isso. O vídeo não trazia dizeres ou falas. Mas calou fundo na população. Quem era oprimido encheu o peito. Quem não se importava, parou para pensar. E assim, algo mudou.

No dia das eleições, as pessoas votaram em si mesmas, em seus vizinhos, em alguém que admiravam. E ninguém foi eleito. O desespero tomou conta do governo, pois sua arrogância era tanta, que televisionou a contagem dos votos. A resistência acertara em contar com a soberba que o totalitarismo traz. Os poderosos, atônitos, não sabiam o que fazer. Pois nunca fizeram nada, a não ser manipular medo e ignorância. Em sentar atrás de covardias, em mandar fantoches em seu lugar.

A população saiu em peso para as ruas, e algo estranho e inesperado aconteceu. Havia confusão, mas também havia leveza, como se o mundo respirasse pela primeira vez. A maioria das pessoas se abraçava, muitos se arrependiam por terem sido cegos ou omissos. Mas havia os fantoches. E alguns estavam armados até os dentes e, sem enxergar nada além do próprio ódio e da própria insatisfação, levaram suas armas consigo.

Descendo a rua que terminava na praça central da capital, uma silhueta feminina vinha trazendo o presépio. Quando já estava quase chegando à comemoração, um dos fantoches viu e reconheceu o presépio. Não hesitou e atirou com uma fúria cega.

A mulher tombou. O sangue escorria do peito. Ao cair, soltou as imagens que trazia nas mãos. E todos correram ao seu encontro, alguns para socorrê-la, outros para não deixar que o fantoche escapasse. Celulares filmavam o que acontecia, o momento registrado por centenas de olhos digitais que imediatamente derramavam suas memórias na internet.

No meio da comoção, as figuras jaziam no chão, cobertas de sangue. Talvez fossem recolhidas e resguardadas, talvez não. Não importava mais. O presépio já era imaterial e estava em todos os lugares. Cumprira seu papel.

A caminho do hospital, Clarisse segurava a mão da avó, acalmando, acarinhando e pedindo a todas as forças para que ela ficasse bem. A avó apenas sorriu e disse:

– Vai ficar tudo bem. Você me deu tantos presentes... esse é meu presente para você. Sua vida, seu futuro. Amanhã vai ser outro dia.

Edição especial

Por Ivan Reis

Aquele Natal seria diferente de qualquer outro. Os filhos já haviam crescido, o casamento era estável e a casa estava vazia. Antônia já tinha tomado a decisão de passar o final do ano com o marido em casa. Ao levantar, olhou-se no espelho de corpo inteiro que foi herdado da mãe. "Presente de casamento", lembrou-se até das covinhas da matriarca quando pronunciava o orgulho cintilante pelo objeto. Um café para o marido e um chá de camomila para ela eram o suficiente para aquela manhã quente e emoldurada pela janela do apartamento.

"Vai fazer algo especial hoje, amor?", perguntou o marido por cima do jornal com respingos de café e migalhas de pão. "Vou ao mercado comprar camarão para o almoço", respondeu Antônia.

Ela se lembrou do bobó que sua mãe fez no último Natal que passou entre filhos e netos. A mesa arrumada com cuidado, as crianças brincando na sala e a conversa na varanda. A memória a fazia sentir o cheiro da comida da mãe. Inconfundível.

– Faz tempo que não comemos. Lembro-me bem da dona Clarice. Cozinhava como ninguém. Criava receitas inacreditáveis, disse Oswaldo deixando o jornal.

– Será que a receita está naquele caderno da mamãe? Eu a vi em algum lugar – ela disse abrindo o armário próximo à geladeira. Entre os papéis e fotografias espalhados na caixa de papelão, Antônia não achou nada. – Procura para mim, Oswaldo. Vou ao mercado. Se não estiver, vejo na internet mesmo – disse pegando a bolsa e as chaves e indo em direção à porta.

Saindo do prédio, ela encontra o porteiro. O senhor Carlos era um homem de meia idade, e estava com duas sacolas nas mãos. A roupa um pouco manchada de suor denunciava o peso dos embrulhos que carregava.

– Bom dia, D. Antônia. Muito calor hoje? – perguntou esbaforido.

– Ligaram o maçarico hoje, seu Carlos. Não é possível! – ela respondeu. – seu Carlos, tem duas caixas lá com o Oswaldo. Se o senhor quiser, pode pegar. São livros e revistas que não uso mais. O senhor gosta tanto de ler. Pode ficar – ela disse gentilmente.

– Pode deixar, dona Antônia, pego sim. Agradeço muito – respondeu o porteiro um tanto sem jeito.

– Até depois, Seu Carlos. Vou providenciar meu almoço de hoje – disse fazendo um aceno com as mãos.

Como todo bairro antigo de cidade grande, o tempo deixa marcas do passado no presente e muda a paisagem entre esquinas e detalhes. Casas e calçadas ainda contam histórias.

Antônia pensou em caminhar pela avenida principal. Àquela hora da manhã, bem cedo, o movimento de carros e pessoas era fraco. Era impossível não sentir aquela atmosfera de fim de ano. Todo ano, a mesma sensação: horários mais livres, comércio movimentado e trânsito intenso. Às vésperas do Natal, a cidade enfeitada era um presente nostálgico. O brilho de uma data ainda fazia sentido em meio ao caos das ruas.

A poucos metros, Antônia vê uma placa vermelha indicando que a calçada estava em reforma. Aquele imprevisto a fez virar à direita. Não seria problema; apenas um desvio. "A rua da mamãe", ela pensou imediatamente quando virou a esquina.

Alguns passos à frente, Antônia viu uma casa branca de portão baixo, varanda com piso de ardósia, grade azul; o jardim não tão cuidado e a caixa de correio no mesmo lugar. No portão da garagem, uma placa indicava: "Aluga-se". – Não mudou quase nada – disse baixinho enquanto diminuía o passo para contemplar o lugar onde viveu por anos.

Não é difícil olhar o passado com os olhos do presente. Quantos aniversários, natais e almoços tinha vivido ali? A entrada de seu irmão na faculdade, o jantar para apresentar o primeiro namorado à família e as tardes com os quindins de dona Filipina, uma vizinha portuguesa que morava no bairro.

Depois que os filhos cresceram, dona Clarice abriu um salão de beleza ao lado de casa. Naqueles anos da década de 1960, uma placa com letras azuis, no mesmo tom do portão, balançava ao vento naquele bairro que povoava a mente de Antônia de lembranças.

Ela e sua mãe entregavam cartões com o telefone e os serviços do salão. De mão em mão, aquelas letras azuis deixaram o lugar conhecido no bairro. Salão Clarice. Alameda Drummond, 123 – Bairro da Orla, Rio de Janeiro.

Muitos da família nem imaginavam, mas a mãe de Antônia tinha uma vontade imensa de trabalhar com beleza. Quando jovem, Clarice Almeida de Albuquerque era uma adolescente que acompanhava a mãe à costureira. Frequentar ateliês era consumir tecidos, moldes e sonhos: um desfile de moda diante dos olhos.

Antes do casamento, Clarice chegou a fazer um curso de cabeleireiro em São Paulo. Ficou hospedada na casa de uma tia, e voltou com um diploma que lhe permitiria abrir seu próprio negócio. Uma ideia que pairava em seus desejos, mas a dedicação ao trabalho de casa empurrou esse sonho para o destino.

O Salão Clarice não era tão grande quanto a casa em que morava. O portão azul, o capacho de flores e as samambaias na entrada era o cenário para passar horas naquele mundo construído porta adentro.

Especialmente no Natal, formaturas e festas eram frequentes e os serviços aumentavam ao toque estridente do telefone. Nas paredes, cabelos armados e brilhantes dos painéis ficavam lado a lado com removedor de esmaltes, frascos de xampu e toda a sorte de produtos. Não era difícil reconhecer atrizes e cantoras da TV e do rádio que ilustravam aquele cômodo. As cadeiras estofadas eram o conforto oferecido com uma garrafa de café, um açucareiro e alguns biscoitos para quem aguardava a vez de ser atendido.

"Deixa isso, Antônia. Vá tomar banho! Não se esqueça de fechar a porta." Clarice comandava o salão sozinha: fazia cortes, penteados e se arriscava na maquiagem. No fundo, uma pequena porta ligava o cômodo à cozinha de sua casa. "A passagem secreta", como Antônia e seus irmãos chamavam. "Um olho no salão e outro nos filhos", a matriarca dizia.

Os momentos que as clientes passavam ali eram cômicos, prazerosos e até constrangedores. Revistas se espalhavam pelos assentos para a primeira mão que firmasse a leitura. Com a xícara de café em punho, os dedos encontravam edições que já foram motivo de tantas conversas. Clarice sempre comprava na banca de jornal na esquina. Na banca do seu Brás, revistas, jornais e todo o tipo de impressos eram pendurados do teto ao chão naquela estrutura metálica aninhada no cotidiano de tantos que passavam por ali.

"Preciso de receitas novas para o Natal!". Mais uma vez, Clarice tinha idealizado uma mesa farta. "Antônia, pegue o dinheiro na minha bolsa e veja se chegou a revista", pediu enquanto esvaziava o lavatório. "Não demore!", alertou.

Na juventude de seus 14 anos, Antônia era capaz de "emprestar" as revistas da mãe. Poderia ficar horas deitada na cama com os pés levantados. Um pulo na banca da esquina era a chance de viver mais esses momentos de que tanto gostava. Folhear uma revista era uma espécie de terapia para aquela menina.

O primeiro olhar foi inesquecível para a capa que tinha nas mãos. O peso da gramatura do papel e o enquadramento das imagens eram dignas de uma edição especial. A magia do papel na ponta dos dedos. Em vez de estampar uma celebridade com várias chamadas, as letras garrafais no topo da capa indicavam as receitas tão esperadas. Das páginas que viu até o caminho de volta ao salão, Antônia abriu na receita que marcaria sua vida. No presente e no futuro.

"É claro! A receita do bobó de camarão está naquela revista", lembrou-se Antônia. "Tenho certeza!", pensou alto enquanto escutou uma voz atrás dela.

– Antônia! Um timbre levemente conhecido disse seu nome naquele momento. Quando se virou, uma mulher alta, com cabelos compridos e grisalhos, mirava seu rosto atrás de uma armação vermelha irreverente.

– Adélia?! – ela disse. Segundos depois, Antônia se lembrou da filha da dona Filipina, a portuguesa que fazia os melhores quindins que já provou na vida. As duas brincavam naquela rua. Adélia foi fazer o Ensino Médio em Portugal e morar com o pai. Depois disso, nunca mais se viram.

– Você está diferente. O que aconteceu? – Antônia perguntou depois de abraçar a amiga de infância um tanto sem jeito.

– Voltei ao Brasil anos depois. Tive dois filhos e um deles é casado com uma brasileira. Resultado? Estou de volta para passar o fim de ano aqui. Elas ficaram um bom tempo conversando sobre o quanto suas vidas mudaram depois que Adélia foi morar com o pai.

– Que coincidência nos encontrarmos justamente aqui. Tive de me desviar da calçada na avenida e, agora, estou em frente à casa e ao salão da mamãe, disse Antônia.

– Achei que você ainda morava aqui – Adélia se entusiasmou.

– Não. Moro a duas quadras daqui, próximo à avenida principal e à praia. Casei, tive uma filha, mas não mora mais comigo. Estou a caminho do mercado para comprar camarão. Quero fazer o bobó da mamãe. Você veio de lá? – Antônia tinha notado as sacolas que a amiga segurava.

– Sim. Tem de todo o tipo. Não foi essa receita que dona Clarice fez no seu aniversário de quinze anos? – perguntou.

– Essa mesma – Antônia respondeu ansiosa para encerrar a conversa.

– Era o segredo guardado a sete chaves de dona Clarice. Ninguém fazia aquele bobó – Adélia disse se despedindo ao perceber a pressa nos olhos de Antônia.

O tempo que passou naquela rua foi como um mergulho em si mesma. Fez a Antônia do passado, jovem, ressurgir na

Antônia adulta, mãe e maturada pelo tempo. A pressa que tinha em comprar camarões foi uma corrida pelas cicatrizes da alma. No alcance do pódio de lembranças, ela chegou à primeira posição. Desde que sua mãe ficou doente, o salão foi entregue e a casa vendida. Clarice ficou sob os cuidados da filha até que seus olhos não a enxergassem mais.

O Natal daquele ano tinha chegado um pouco aos solavancos. A correria do fim do ano aumentava as expectativas de viver a paz dos dias que enchiam olhos e corações de saudade e de amor.

Antônia resolveu fazer o bobó de camarão naquele Natal. Tudo com muito cuidado e da maneira como sua mãe lhe ensinou. A mesa posta era uma saia rodada de detalhes. O cenário era coroado com o cheiro agridoce que vinha da cozinha.

A luz, o brilho e o prazer de reviver aquele gosto de lembranças resplandeciam em Antônia. A força da memória já fazia seus efeitos. O ruído metálico dos talheres preenchia o silêncio do casal. "Está divino, Oswaldo." A satisfação lhe enchia o peito. Sabores que o tempo não apaga.

Não demorou muito para que se lembrassem do dia em que Antônia foi ao mercado. "Eu cheguei com medo de que o seu Carlos tivesse levado as caixas que separei", disse. A vontade de reviver o passado fez Antônia encontrar, além da receita, uma revelação.

Antônia se deparou com a revista de que tanto se lembrou. Mesmo amarelada, a imagem do prato estava intacta. Tigelas de vidro, talheres de metal e festões ao fundo. Depois de encontrar uma bola de vidro quebrada para a árvore de Natal, desbotada e pontiaguda, Antônia encontrou uma fotografia de sua mãe jovem em preto e branco e um pequeno bilhete na caixa. No branco encardido, uma escrita frágil à caneta repousava em linhas azuis. Firmou o papel nas mãos e passou os olhos. Seu coração se encheu de lágrimas à medida que percorria as palavras.

Filha,

Faz tempo que deveria ter-lhe contado. Não me julgues se te fiz mal ou que não fiz quando necessário. Você ainda não sabe, mas eu a tenho mais perto do coração do que do ventre. Se fui injusta com seus sentimentos, peço-lhe perdão pelo mal que lhe fiz. Com o amor mais sincero de todos.

Sua mãe de coração,

Clarice Albuquerque de Almeida

Aquelas palavras levaram décadas para chegar às suas mãos. Não fazia sentido se perguntar o motivo pelo qual aquilo estava escrito ali e daquela forma. Um álbum de recordações não era suficiente para os momentos que mãe e filha passaram juntas. Não ser a filha legítima de Clarice não a dispensaria do amor, do respeito, da bondade e da admiração que nutria por aquela força feminina.

Aquele foi um Natal de lembranças. O que o som das palavras sonoras não teve coragem de contar, a escrita foi resistente ao passar pelas vidas ao longo do tempo. A foto de Clarice ainda mostrava o sorriso que sustentava em um vestido rodado de botões grandes com sapatos baixos. Uma lembrança impressa e digna de uma edição especial.

Uma tradição "formigável"

Por Márcia Sofia

Era uma vez, num pequeno vilarejo, ao pé de uma serra, cercado por pinheiros e bosques, uma humilde casinha onde morava um casal adorável e uma gata misteriosa. Todos os anos, antes do Natal, uma sobrinha muito amável chamada Sara e um sobrinho muito adorável chamado Caio costumavam visitá-los. Numa dessas visitas aconteceu algo surpreendente que agora eu vou contar.

Uma bela tarde, estavam o sobrinho, a sobrinha e a tia em volta de uma mesa, onde, pela primeira vez, resolveram fazer e decorar biscoitos para a ceia Natalina, os biscoitos eram amanteigados, deliciosos e perfumados e eles tinham muito trabalho pela frente. Havia sininhos para colorir, mini Papais Noéis, arvorinhas, estrelas e muitos símbolos Natalinos recém-saídos do forno. Era mesmo muito trabalho, mas era muito divertido. Ah, e não podiam se esquecer das casinhas, todas feitas de biscoitos. Elas também precisavam de uma boa decoração e muitas pinceladas. Como tinham muito trabalho pela frente, então resolveram começar logo, pois não podiam perder tempo. Entre uma pincelada e outra toca a campainha, a tia foi atender e não viu ninguém além de uma fila de formigas vindo em direção à sua porta. Nesse momento, a tia quase desmaia, uma voz bem fininha e baixinha vinda do chão disse:

– Boa tarde, eu estava passeando pelo bosque a procura de um pouquinho de açúcar para a ceia do meu formigueiro e senti um cheiro muito agradável e açucarado vindo daqui. Você pode me doar um pouquinho desse açúcar?

A tia desesperada chamou os sobrinhos e perguntou toda surpresa: – A formiga falou com voz humana, ou será que eu estou sonhando"?

Mas, antes mesmo das crianças respondessem, a formiga respondeu:

– Sim, falei.

As crianças e a tia estavam maravilhadas e, ao mesmo tempo, assustadas com o que viram e ouviram. Estavam paralisadas, pois diante delas havia uma formiga falante e, atrás dela, uma fila imensa marchava rumo à mesa de biscoitos. Quando chegaram até a mesa, pararam e esperaram a tia dar a ordem para levarem um pouco de açúcar. A tia, sem acreditar no que via e ouvia, disse, encantada:

– Podem levar o quanto vocês quiserem. Vamos decorar e colorir por um bom tempo, então fiquem à vontade. E as crianças, num olhar de alegria e espanto, concordaram, sorrindo.

Então as formigas começaram a carregar tudo o que viam pela frente. Quando a noitinha começou a cair, os sobrinhos e a tia sentiram um sono muito grande, um sono que jamais sentiram na vida, deixaram o pouco que fizeram na mesa e foram dormir. Dormiram o sono dos justos.

Na manhã seguinte, já era a véspera de Natal, ao acordarem depararam com a mesa vazia, não havia nela nenhum vestígio de biscoito, sequer um grão de açúcar, as formigas levaram tudo. Então saíram pelo vilarejo e pelos bosques procurando rastros de formigas, mas não acharam nenhuma delas. Era mesmo assustador. Não sabiam se tinham sonhado ou vivido tudo aquilo.

Cansadas de procurar por vestígios, as crianças voltaram para casa, baixaram os olhos e grossas lágrimas deslizaram pelas suas faces. A tia ficou numa tristeza tão grande que cortava o coração. O tio, que não vivia sem um doce, ficou quieto, mudo. Até a gata estava taciturna, pelos cantos, sentido toda a energia que vinha do ambiente.

Mesmo diante desta tragédia não desistiram do Natal, não xingaram as formigas, se animaram e se banharam, colocaram cada uma sua roupa mais bonita e arrumaram a mesa da ceia de Natal com apenas o que tinham: as comidas salgadas.

A noite estava linda, o céu estava estrelado, em cada casa uma vela se acendia e pouco a pouco o vilarejo todo estava iluminado.

Quando, à meia-noite, os sinos da igreja começaram a tocar e os parentes e amigos vinham chegando para cear, algo misterioso aconteceu. Uma estrela cadente, muito iluminada, pousou num ponto da floresta de pinheiros, todos ficaram curiosos e foram até ela. Foi então que um formigueiro gigante, cheio de luzinhas coloridas, cresceu enormemente bem na frente de todos e nele se abriu uma porta iluminada por vagalumes dos olhos brilhantes, por onde todos puderam entrar. Lá estavam mesas gigantes de guloseimas de todos os tipos, salgadas e doces, para todos os gostos. Lá também estavam os biscoitos amanteigados, deliciosos e açucarados, e também, numa mesa toda enfeitada, estavam as casinhas, todas muito coloridas e decoradas. Pelas galerias do formigueiro, com muitos pinheirinhos enfeitados, um coral de formigas cantava as mais lindas canções Natalinas, borboletas desfilavam com suas luxuosas e reluzentes asas. Ao lado, uma orquestra de cigarras acompanhava o coral.

Foi nesse universo mágico que seres humanos festejaram, junto às formigas, vaga-lumes, cigarras e borboletas a bondade, o amor e a magia do Natal. Ficamos ali por um bom tempo, sob aquela esfera iluminada e afável, então eu me perguntei: quem poderia imaginar que num vilarejo tão simples onde havia formigas falantes e seres humanos que compartilhavam o alimento nasceria uma tradição tão linda de decorar casinhas e biscoitos amanteigados todo o Natal?

A Grande Trégua Mundial

Por Tiago Soares

Não me apetece ter de ouvir que não acreditam no Papai Noel ou em duendes. Por acaso lá somos mentirosos? Somos discretos, vivemos e trabalhamos isolados, não nos veem com frequência e tampouco nos ouvem, mas isso não outorga a ninguém o juízo de dizer que não temos o crédito da confiança ou mesmo ainda, da existência. Ora, se assim for, que questionem antes os átomos, ou os micro-organismos. Se a visibilidade de algo for fator determinante para sua respectiva existência, proponho traçar uma lista de coisas a ter sua inexistência questionada antes de nós, duendes Natalinos. Entretanto, as divagações filosóficas e físicas de cunho existencial ficarão para outrora, a serem feitas idealmente por alguém que não eu, que domino antes os assuntos militares.

A propósito, publico este relato após desejar fazê-lo há muitos anos e depois de já tê-lo rascunhado algumas vezes. Nunca tive a autorização para publicar sobre a verdade em torno desse fato histórico, mas, agora, passados já mais de 100 anos, julgam ser não apenas seguro, mas necessário esclarecer todo o ocorrido. Um familiar meu já relatou o ocorrido anteriormente, àquela época, mas em formato de relatório de guerra confidencial. Já nesses tempos, como foi difícil convencer meus superiores de que uma história dessas melhor se encaixa neste formato em que agora vos escrevo.

Antes do ápice do relato, me cabe dizer algumas questões práticas que conduzirão a um melhor entendimento do ocorrido, como a logística necessária para que o Natal aconteça, que é diretamente proporcional à magia que esta data apresenta. Todos esses detalhes são pouco falados pois se há a ideia de que a explanação de alguns pormenores práticos poderia contribuir para a diminuição da beleza do espírito Natalino, o que não julgo ser verdadeiro. Ao contrário, tenho a certeza de que a grandeza do Natal se revela nos pequenos detalhes; que o macro se revela no micro, como, por exemplo, quando vemos a força e a beleza da natureza se revelarem na brandura da concepção. No mesmo sentido, qualquer mínimo detalhe de caráter prático vai abrilhantar ainda mais o Natal, pois o trará para mais perto das pessoas, que poderão reconhecer nesta data exuberante e fantástica algo simples do seu cotidiano. É o caso dos serviços militares, mais precisamente, das Forças Polares, que recrutam jovens duendes ao redor do mundo.

O alistamento não é obrigatório e não apresenta distinção quanto à nacionalidade dos pretendentes, que, no momento da inscrição (realizada ainda no país de origem de cada candidato), podem optar por Exército, Marinha ou Aeronáutica polares. A primeira etapa, e mais simples de todas, consiste basicamente na coleta de documentos, burocracia entediantes que magia nenhuma no mundo consegue eliminar. A etapa seguinte, relativamente simples, já elimina alguns candidatos e consiste na pesquisa de antecedentes criminais relacionados ao Natal. Como numa prova para conseguir a carta de habilitação, os interessados na vaga só podem perder alguns poucos pontos. Exemplos de atitudes que acarretam perda de pontos são: fazer piada com doces na ceia de Natal, dar meias de presentes para crianças e ousar mentir para alguma criança dizendo que Papai Noel não existe.

O próximo passo consiste em prova teórica, que envolve questões de idiomas, geografia e, principalmente, raciocínio lógico. Estas últimas, menosprezadas por alguns, são, a meu ver, as mais importantes. Quanto aos idiomas, verão adiante que o sucesso de uma empreitada colossal teve êxito graças a um grande soldado poliglota. O duende a ser recrutado não precisa dominar vários idiomas em seu alistamento, mas deve demonstrar alguma aptidão e interesse para um dia dominá-los. E, quanto ao raciocínio lógico, suponhamos que você, caro leitor, esteja numa missão de Natal em que viaje cinco quilômetros para o sul, depois caminhe cinco quilômetros para o oeste e depois suba cinco quilômetros para o norte e que ao fim disso, esteja de volta ao ponto de partida. Nesse momento, você avista um urso. Pergunto a você, pois, de que cor é esse urso? O único lugar no planeta em que se desce cinco quilômetros ao sul, se segue cinco quilômetros a oeste e se sobe cinco quilômetros ao norte e, depois disso, encontra-se no ponto exato onde começou é o Polo Norte, portanto, a resposta correta é "branco", pois os únicos ursos a viver no Polo Norte são os ursos polares, brancos. Portanto, se não sabe esta questão aparentemente inofensiva de raciocínio lógico, para sua segurança, é melhor que se encontre longe do Polo Norte e dos ursos polares.

O passo seguinte consiste em testes médicos e de aptidão física, sobre os quais não preciso discorrer em detalhes, pois salvo algumas diferenças anatômicas e fisiológicas dos duendes, os exames assemelham-se em grande aos realizados nos humanos. Aos duendes que possam porventura me ler e que tenham o interesse em se alistar, não acreditem em mitos sobre esta parte física do teste, como boatos de que se deve assoprar algo em grande esforço para verificação de hérnias e coisas do tipo. Não se aborreçam com esses boatos e, caso sintam o desejo de servir ao Natal, alistem-se.

Após discorrer brevemente sobre o processo seletivo para as Forças Polares, ponho-me a escrever sobre a finalidade desses serviços. Eu precisaria de todo um livro para listar cada detalhe de cada serviço prestado, mas claro, serei breve, até porque o Natal se aproxima e há muito a fazer. Iniciarei pela Aeronáutica Polar, que tem como principal empenho garantir a segurança aérea do Papai Noel e das suas renas a o puxar. Seria deselegante falar em cifras, mas vocês podem lá imaginar o grande valor comercial da carga levada no trenó para cada canto neste mundo? No mais, sequer preciso falar então do inestimável e incalculável valor do Papai Noel e suas renas, que devem ser escoltados a uma distância segura.

Pelo mar, a Marinha Polar também tem como princípio elementar garantir a realização da noite de Natal, fazendo o transporte de todos os brinquedos e peças que são doados por pessoas de todo o globo. Com o passar dos anos e avanço dos meios de produção, muitos brinquedos chegam já prontos ao Centro de Recebimento, Montagem e Triagem de Brinquedos (CRMTB), mas muitos outros vêm em peças que são trabalhadas pelas mãos habilidosas dos duendes montadores. A maior parte do transporte se dá por meio de submarinos, de modo que não se desperte a curiosidade das pessoas, principalmente das crianças.

Já, por terra, o Exército Polar faz toda a parte de patrulhamento, principalmente em áreas de grandes conflitos, delimitando áreas para bases polares em cada país e estabelecendo rotas seguras para a passagem do Papai Noel, além de oferecer apoio tático na noite de Natal, em cada território mais conflituoso, para que nenhuma criança deixe de receber presentes por estar em ambiente de guerra. Por fim, cabe ressaltar que todos os servidores das Forças Polares devem ainda ser preparados para substituir o Papai Noel em caso de extrema necessidade. Nunca antes foi necessário, sendo recentemente a vez em que a necessidade mais bateu à porta, por volta de 2015, quando em suas visitas de rotina antes do Natal a cada região dos países para reconhecimento dos territórios, o Papai Noel foi acometido pela febre Chikungunya ao passar pelo Brasil, tendo, por sorte e destreza dos médicos do Polo Norte, se recuperado em tempo. Esse ocorrido serviu para revisar alguns protocolos de segurança, bem como para antecipar em algumas semanas estas visitas de reconhecimento, para que haja maior tempo hábil para a recuperação do Papai Noel em qualquer caso urgente.

E agora, já devidamente explicada a necessidade da existência das Forças Polares, fica o registro de seu mais bravo herói e de seu maior feito. A maior honraria do Polo Norte foi dada unicamente a esse servidor e logo depois, aposentada, pois entendia-se que ninguém mais seria capaz de igual façanha, não havendo, portanto, no passado ou futuro, outro merecedor de tal distinção, a medalha de Suprema Honra Natalícia.

24 de dezembro de 1914, Primeira Guerra Mundial. Soldados entrincheirados em meio ao frio, exaustos, famintos, feridos e com saudade dos seus, que os aguardavam em casa, no Natal mais difícil de suas vidas, sem a certeza se teriam um próximo com seus entes queridos, que lutavam a milhares de quilômetros de distância do lar. O clima era de mais absoluta tensão, no que levantar a cabeça acima das trincheiras possivelmente equivaleria a morte, a depender da pontaria dos soldados do outro lado. Um soldado do Exército das Forças Polares se entrega então em uma missão arriscada, sem nenhuma garantia de sucesso. Ao contrário, acharam-no primeiramente desajustado e temeram em liberá-lo a esta missão, proposta por ele próprio, para a qual foi só. Um único deslize e aquela seria a noite de Natal mais sangrenta de toda a história, porém, sua esperança era outra, pois carregava em seu coração o desejo pacificador que todos das Forças Polares trazem consigo. Ele trazia então ainda mais, pois carregava em si esse desejo que era não apenas seu, mas de todo o mundo naquela noite, o que lhe bastava para que acreditasse no sucesso da missão. Era esta sua única garantia. E repito, era o que lhe bastava!

Com apetrechos rudimentares coletados pelo caminho e em torno das trincheiras, nosso herói improvisou árvores de Natal de ambos os lados e, com a chama acessa a partir desses elementos tradicionais desta época, começou então a entoar músicas Natalinas, em francês, inglês e alemão (motivo da importância de prova de idiomas). A princípio, todos ficaram compreensivelmente receosos, mas, não muito depois, os mais corajosos começaram a sair das trincheiras e, para sua surpresa e alegria, não eram alvejados com balaços. Em pouco tempo, soldados de ambos os lados circulavam desarmados entre as trincheiras, na famosa área popularmente denominada “terra de ninguém”. Não demorou para que começassem a trocar cumprimentos e até mesmo cigarros entre si. Acreditem, há relatos de barbeiros que se puseram a cuidar da estética dos adversários. Aliás, refaço a frase, com a atenção voltada ao outro lado, pois acreditem, há relatos de pessoas que entregaram seus pescoços para os cuidados estéticos com navalhas advindas de pessoas que há pouco lhes tirariam a vida na primeira oportunidade. Não só! Há também registros de partidas de futebol que foram disputadas entre os soldados. E, a partir desse último ponto, alguém já parou para refletir sobre como bolas de futebol estavam disponíveis num dos campos de batalha mais terríveis da história? Nosso herói sabia que precisava ser discreto e que só poderia dispor de poucos recursos. Escolheu bolas de futebol como arma de guerra e, claro, escolheu bem. Esse feito heroico e colossal é até hoje conhecido como a Trégua de Natal, em que soldados deixaram de morrer e, no lugar da morte, nasceu a esperança. Esperança em dias melhores, no fim de tudo aquilo, em dias em que a trégua não seria temporária, mas permanente; em dias que não seriam apenas de trégua, mas que sinalizariam o fim da guerra.

Ao fim desse relato, desejo que possa ser compreensível a todos a finalidade primordial das Forças Polares, que nunca foi a violência e o uso da força, mas antes, a remediação e a paz. Aliás, esta é a finalidade do Papai Noel, do Natal e do que podemos chamar espírito Natalino, no que nós, agentes das Forças Polares somos orgulhosamente meros contribuintes. Esse herói de guerra, em especial, para sempre lembrado, celebrado e aclamado pelo nome de Alberto Domingos, eu chamo orgulhosamente de vovô. Se ele teve a honra de realizar tal feito, com a mesma honra, narro a sua bravura para todos, com o desejo sincero de que essa história inspire aos que a lerem a buscar tréguas em seus conflitos particulares, sejam eles quais forem, contra quem quer que seja.

São os sinceros votos do soldado do Exército das Forças Polares,

F. Soares.

Uma nova aventura para dois velhos amigos

Por Fabiana Souza

Em uma casa luxuosa, dois amigos bem diferentes, mas que resolveram suas desavenças viviam compartilhando a amizade e os privilégios da classe alta. Eles eram o ratinho Félix e o gato Max.

Um dia, o ratinho estava brincando com o esnobe gatinho quando ouviram que os donos do casarão pretendiam dar uma festa Natalina para reunir todos os amigos e familiares.

Tudo estava correndo bem com os preparativos, chegavam caixas dos melhores vinhos e toda área do jardim estava sendo preparada com flores e mesas decoradas para o grande dia.

O gato Max resolveu até dar uma gravata ao ratinho Félix de presente para que pudesse participar da comemoração de Natal mas sem ser visto porque isso poderia causar alvoroço nas madames e demais convidados presentes no dia do evento.

Entretanto alguém muito perigoso já observava de longe aquela amizade diferente e sem brigas entre o ratinho e o gato criado com todas as mordomias pelo rico casal: o esperto e trapaceiro ratão sr. Bolívar (primo do ratinho Félix) que apesar de velho era experiente na arte de roubar comida.

Na manhã seguinte junto com as caixas de frutas trazidas pelos entregadores, veio também o roedor malvado que nunca tinha entrado em uma casa tão grande e espaçosa.

Quando os dois ratinhos se viram, ficaram muito felizes já que há muitos anos eles não mantinham contato físico. Mas logo o rato Bolívar percebeu que Félix vivia uma vida de rico e que isso era injusto com os ratos da sua espécie. Então, ele planejou convidar os outros roedores para participar da festa e ajudá-lo a pegar as caixas de vinho e queijos na dispensa.

O gato Max não gostou da visita inesperada do primo do seu amigo ratinho. Ele sentia que algo era estranho na forma do ratão sr. Bolívar se comportar, sempre observando tudo como se procurasse conhecer todas as partes do casarão. Apesar da desconfiança do gato, seu fiel amigo estava tão feliz por passar a data Natalina com seu parente que nem desconfiava do perigo.

Na véspera de Natal, o ratão sr. Bolívar estava no portão conversando com outro roedor sobre seu plano, quando o gato Max, que passeava pelo jardim, conseguiu perceber as más intenções do roedor e correu para dentro da casa para conversar com seu companheiro de aventuras, Félix.

Apesar de ouvir que seu primo não era tão bom como parecia, o ratinho não acreditou e foi conversar com o primo sr. Bolívar.

Ao chegar no seu quartinho escondido dentro do porão, Félix não encontrou seu primo e passou a procurá-lo pelo grande casarão. Para sua surpresa, o parente esperto estava pegando pedaços de queijo nos pratos da festa preparados pelos chefs na cozinha. O ratinho puxou seu primo para fora da cozinha e explicou a ele que aquilo estava errado. O ardiloso sr. Bolívar inventou uma desculpa para seu mau comportamento e convidou Félix para ir ao terraço para ver as estrelas e a lua.

O gato Max ficou escondido e percebeu que seu amigo estava em apuros. Ele resolveu ficar próximo ao portão lateral da mansão, onde presenciou a conversa do sr. Ratão com o rato estranho.

Então, no dia da Festa Natalina, enquanto o sr. Bolívar enrolava o ratinho Félix com histórias antigas de família, vários ratos estavam preparados para entrar no casarão e se aproveitar da comida.

Ao perceber a entrada dos roedores, o gato Max correu para avisar o seu amigo Félix de que aquela invasão poderia acabar com a Festa Natalina dos donos da casa. O sr. Bolívar resolveu prender o primo em uma gaiola vazia e foi atrás dos companheiros de malandragem para pegar tudo que pudessem levar na cozinha e na dispensa da casa.

Quando o sr. Bolívar viu o gato atrás deles tentou impedi-lo com tudo que encontrou pelo caminho: as bolas da árvore Natalina e outros objetos. Nesse momento, Max viu a gaiola com o Félix pedindo ajuda e conseguiu livrar o amigo. Triste com a atitude do primo, o ratinho pediu para Max não fazer nada enquanto ele pensava em um plano para consertar toda a confusão do parente sagaz.

Depois de um tempo, os funcionários da casa começaram a perceber a presença dos roedores e começou um certo alvoroço pelos corredores. Nesse momento, surge Félix na frente do primo e dos outros ratos, chamando todos para segui-lo até o porão da residência. Apesar de certa resistência por parte do primo, todos decidiram ir atrás de Félix. Ao chegar no esconderijo do ratinho, os invasores e seu sr. Bolívar tiveram uma surpresa:

um móvel antigo se transformou em uma mesa decorada com enfeites Natalinos e muitas guloseimas gostosas, além de algumas garrafas de vinho.

O ratinho Félix explicou então que eles não precisam roubar nada e que eles iriam comemorar o Natal naquele espaço, da mesma forma que os humanos que estavam se divertindo no grande salão da casa. Eles ficaram felizes e começaram a comer quando o gato Max apareceu no porão.

O sr. Bolívar e os outros roedores tiveram medo que fosse um plano para prendê-los, mas logo ficaram tranquilos ao ver que o gato estava com um gorro de Natal e um saco vermelho.

O felino companheiro de aventuras do ratinho Félix mostrou os presentes que havia conseguido pegar na dispensa e os distribuiu entre os amigos de sr. Bolívar. O clima de alegria e paz tornou aquele momento único e inesquecível. Ao terminar a ceia, o primo percebeu o quanto tinha errado e pediu desculpas a Félix. Os dois se despediram e o intruso parente foi embora com seus colegas, deixando o gato Max e seu amigo ratinho contentes por resolverem a situação com espírito de harmonia Natalino.

Depois desse dia, a tranquilidade voltou para o casarão e o ratinho Félix combinou com o aliado de aventuras que sempre iriam comemorar o Natal daquela forma: ajudando o próximo que não tem a mesma condição que eles naquela casa.

Cesta de vime

Por Carmen Lúcia Domingues Cunha

Parte I

O Mundo sempre foi minha casa. Desde pequena, mesmo quando meu acesso além-mar se restringia aos livros. Isso me trouxe facilidade para aprender idiomas e me adaptar às diferentes culturais. Ser *freelancer* de revistas de viagem é consequência natural.

Há, porém, algo que me deixa profundamente desconfortável: atrasos de embarque. Quando ouço a voz inconfundível alertando sobre alterações de horários, tenho vontade de iniciar um motim. Desta vez, confesso estar em oração para que isso não ocorra.

Na verdade, essa prática de rezar se tornou cada vez mais cotidiana, desde o início da trágica Pandemia que começou em 2019. Passamos por dois anos de sombras tão fortes que nem mesmo o brilho de Paris conseguiu espantar a escuridão vivenciada pela humanidade.

Agora, estamos em dezembro de 2021, o ano de nosso renascimento, e o Charles de Gaulle foi especialmente preparado para explodir em cristais em sua majestosa decoração de Natal.

Chego com bastante antecedência ao aeroporto, porque preciso fazer algumas compras de presentes para as amigas de Andaluzia e matar as saudades de almoçar no *Brioche Dorée*.

Minha mesa, atrás do biombo amadeirado, está vazia, o que já é um sinal de sorte. Quando desejarem saborear o melhor sanduíche de chucrute com carne picada e fatias gratinadas de abobrinha, venham aqui. Não se esqueçam de completar com uma boa xícara de café e tortinha de morangos.

Começo a degustar meu *petit* banquete e observo as pessoas, algumas ainda de máscaras, caminhando e recuperando modestos ensaios de sorrisos. Perdemos parentes, amigos, grandes amores... nós os sepultamos, sem permissão para uma despedida justa. As vacinas surgiram depois, bem atrás de médicos e enfermeiros exaustos e nós, com nossas cicatrizes coletivas, chegamos aqui.

Meu pensamento anula minha fome. Peço, então, um café e deixo paga uma *tortelete* rosada para o próximo cliente que chegar.

Faltam algumas horas para meu voo e isso me favorece: ando pelo chão de cristal e decido ver bem de perto um balão de ar quente, desses que podemos entrar na cesta. Ele é prateado, com miniaturas da Torre Eiffel por todos os lados e centenas de luzes que acendem e apagam no ritmo de jazz com a música 99 *Luftballons*.

Desço dois andares para ver a Árvore de Natal que, com certeza, fará parte da história desse aeroporto: construíram uma árvore que vai do chão ao teto. Não consigo calcular o diâmetro. Ela está repleta de pacotes de presentes prateados, com laços brilhantes que refletem todas as cores.

Uma música perto da Confeitaria Ladurée me atrai: é um coral de crianças ao lado do presépio de tamanho natural. Enquanto elas, de túnicas vermelhas e estolas douradas, imóveis, cantam, as peças do presépio se movimentam, apontando meu olhar para a manjedoura, fazendo-me lembrar que tudo se tornava novo.

Sinto-me entusiasmada a entrar na representante local da *Disney*. Saio feliz, segurando, além de meu casaco, a mala de bordo, a bolsa, uma coleção completa de princesas que ainda não aprendi os nomes e uma *Minnie* que vai de minha cabeça até minha cintura. Tudo bem: as filhas de minhas amigas ficarão felizes.

Na sala de embarque, tenho que ceder à ostentação que muitas vezes reprovei: ocupar duas poltronas, sendo uma exclusivamente para minha bagagem de mão e sacolas de última hora. Pego uma taça de champanhe, assento com vontade, tombo o pescoço para trás e dissolvo cada borbulha, apenas esperando a chamada. Chego a cochilar, até que sinto minha cabeça sacudida: era uma comissária de bordo falando em um idioma indecifrável. Finalmente, consigo entender: todos os voos foram cancelados.

Permaneço alguns minutos assentada, vendo os passageiros com o mesmo ar desolador. O que fazer?

Uma fila de policiais chegou determinando nossa saída.

Olho para os lados e vejo a *Minnie* sorridente e as princesas aguardando minha decisão. Levanto-me, apoiando minhas mãos nos braços da poltrona, que meu corpo insiste em não desgrudar.

Deixo que as escadas rolantes me desçam até o subsolo, onde passa o trem. Atravessar pela catraca com minha rouparia de inverno e toda a bagagem está sendo um teste de resistência. Nesse instante, um rapaz apressado, com um belo buquê de flores, está no sentido contrário, na passagem, ao meu lado. Não consegue passar o cartão. Quando penso em ajudá-lo, ele coloca o buquê atravessado entre os dentes e salta a catraca. Ele corre, permitindo que as abas do sobretudo pareçam uma capa de Romeu. Espero que ele encontre a Julieta!

Agora, embarcar no trem. Ouço que há uma ameaça de bomba. Este trem está muito cheio. Também, pudera, pelo que estou entendendo, vão esvaziar o aeroporto. No vagão traseiro, o coral rubro com carinhas assustadas parece um kit de enfeites Natalinos. Lá vamos nós, Paris!

Desço em minha estação com os braços ocupados, equilibrando o bilhete, com as pontas dos dedos. Chego à Praça da Notre Dame e me deparo com a rua cheia em volta da Igreja iluminada nas cores azul e ouro. Daqui, escuto um órgão entoando *Silent Night*. Caso não estivesse tão cansada, iria até lá. Prefiro, no entanto, seguir por dois quarteirões e chegar *em casa*.

Subo as escadas do hotel sob o olhar admirado do senhor Raul, um dos *concierges* mais antigos de toda a Paris. Ele me ajuda segurando a bagagem, incluindo a *Minnie*. Com sua voz de conselheiro, comenta:

– Boa Noite, querida. Atentado à bomba em todos os aeroportos da cidade. Uma pena. Há suspeitas de atentados em aeroportos de outros países também. Ainda bem que retornou.

Eu o agradeço com um beijo na face. Em seguida, chego ao balcão, onde Camile e Hector me olham apreensivos. Atrás deles, com um sorriso ferino, está Darlan, o gerente que me odeia. Tento ignorá-lo por alguns instantes porque tudo que preciso é de um banho e cama. Peço, então, a chave de *meu* quarto. Hector, com a voz triste, diz:

– Querida, você disse que viajaria para a Espanha e só retornaria em fevereiro. Com o fechamento dos aeroportos, todos tiveram seus voos cancelados e muitos turistas precisarão permanecer na cidade. O hotel está lotado. Estamos em contato com outros hotéis, buscando acomodar todos.

Olho em volta e vejo várias pessoas aguardando por uma vaga em qualquer hotel da cidade. Ainda bem que champanhe e petiscos não faltam no saguão.

Eu sei que Camile e Hector me abrigariam na ala dos funcionários, se não houvesse a presença implacável de Darlan.

Coloco meu nome na lista de espera e informo que vou para o restaurante jantar, afinal, não sou de ferro.

Assento em *minha* mesa de sempre, puxando uma cadeira para a *Minnie* e mais outra para meu casaco, minha mala de bordo, minha bolsa e a coleção completa de princesas. Pego o telefone e passo mensagem para minhas amigas espanholas. Elas lamentam muito, informando sobre a ameaça de bomba também nos aeroportos da Espanha. Enviam fotos dos balões e flores que reservaram para mim. Tudo parou novamente, como quando começou a Pandemia...

Respiro fundo e olho o cardápio, que já sei de cor. Uma voz senhoril, bem na mesa de meu lado esquerdo, me traz de volta ao restaurante:

– Aqui tudo brilha, não é mesmo? Já fiz muitas fotografias quando trabalhava para a Lafayette.

Estou emocionada: é Charlotte, uma fotógrafa das antigas. Ela sorri, com muita gentileza, percebendo que a reconheço.

Chega o esposo dela: o senhor Jean. Entre um chocolate com sorvete e outro, ela me pergunta se estou saindo ou chegando. Explico tudo o que ocorreu e recebo um convite:

– Estamos de saída. Já que ainda não encontrou hospedagem e a cidade está especialmente tumultuada, venha conosco para Colmar. Temos hospedagens, deliciosos restaurantes e os Mercados de Natal mais famosos da Alsácia. Você poderá ficar em nossa hospedaria. É nossa convidada.

Respondo:

– Bem, acho que vou aceitar o convite; mas faço questão de pagar pela hospedagem, por favor.

A querida Charlotte suspende os ombros no lindo casaco de veludo marrom e pede para acompanhá-los. Pegaremos o trem das onze da noite, na Estação de Lyon.

Despeço-me de Hector e Camile. Dou um abraço de Natal no senhor Raul. Pegamos um táxi, que acomodou nossas bagagens no porta-malas, com exceção da *Minnie*, que permaneceu em meus braços.

A *Gare de Lyon* tem as cores rosa e chumbo e tem um relógio iluminado com a potência de um farol. Está toda decorada, assim como tudo em Paris, principalmente nesta época. Letreiros de *joyeuses fêtes* (boas festas) reluzem até nos quiosques dos corredores. Compramos nossos tickets do trem e acomodamos nossas bagagens nos guarda-volumes, incluindo a companheira *Minnie*. Aqui, encontramos um dos restaurantes mais belos de Paris: o *Le Train Bleu*. Claro que não podemos deixar essa oportunidade passar: resolvemos todos tomar um café, já que estamos com tempo.

Estamos subindo por uma escada com as laterais tortuosas em ferro e detalhes dourados, com o corrimão na cor de ouro. Do lado direito, em moldura de ouro, está o cardápio. Passamos pela porta de vidro giratória e entramos na Paris imperial. Parece uma viagem no tempo. Um biombo cor de ouro, aqui, do meu lado direito, dá-nos boas-vindas. Começo a fotografar.

Do teto ao chão, vejo pinturas de lindas senhoras com vestidos longos e chapéus em jardins floridos, paisagens bem antigas da cidade e seus arredores. *Belle Époque*, com certeza. Meu pescoço gira 360°. Toda a arquitetura é dourada, até os imensos lustres. Há, também, imagens de anjos, de deuses, acredito que o Olimpo inteiro esteja aqui.

Tapetes azuis escuros com detalhes dourados estão por onde pisamos. As poltronas são azuis, contrastando com as toalhas mais alvas que já vi na vida.

Uma Árvore de Natal imensa com galhos, bolas e pacotes de presente todos coloridos e de cristal atrai as atenções.

Assentamos em um ambiente com poltronas altas, de costas umas para as outras. Meu Deus, os talheres são dourados e os pratos têm o brasão de ouro do local.

Aqui se ouve música do início do século passado, com o som saído de gramofones.

Charlotte e Jean (eles pedem para retirar o tratamento de *senhora* e *senhor*) acham interessante minha admiração pelo restaurante e sugerem uma bela xícara de café e o *Crêpe Suzette Flambée*, que é um crepe doce com a massa com gosto de laranja e flambado com licor de laranja e conhaque.

As horas, sempre implacáveis, nos fazem despedir do *Le Train Bleu*.

Descemos as escadas no estilo Cinderela diante das badaladas do relógio. Pegamos nossas bagagens e vamos agora para o embarque.

O trem chega parecendo um tubarão dos sete mares. Ele é azul. Tem dois andares. Os bancos são também azuis e com detalhes vermelhos. Colocamos nossos pertences nos locais apropriados, que ficam no final do vagão. Em cada assento há um chocolate com um cartão desejando *joyeuses fêtes*. Estamos prontos. São onze da noite. Nossa viagem durará duas horas e meia.

O casal querido adormece rapidamente, ao contrário de mim. Não tomei meu remédio para dormir e também não quis.

Faço uma pequena retrospectiva de como estava lá no aeroporto, há algumas horas atrás e como cheguei aqui, dentro de um trem, com pessoas até então desconhecidas e me sentindo tão bem. Somente agora desperta em mim a preocupação sobre as ameaças de atentados nos aeroportos de vários países, logo nesta época de festas. Ainda nos recuperamos daquela pandemia avassaladora. O que está ocorrendo com o mundo? Estranhamente, olho para Charlotte e seu esposo, observo alguns poucos ocupantes do trem e me considero protegida. O sono não me faz falta, pelo menos aqui.

Lá fora, a noite cobre a paisagem e faz os vidros ficarem embaçados.

Bem, convido-os a seguir nesta viagem comigo.

Lá vamos nós, Colmar!

Chegamos à estação de Colmar às 1h30.

A estação é aconchegante, com belos vitrais com imagens do século XIX e início do século passado. A decoração de Natal está composta por muitas luzes, bonecos gigantes de Papai Noel, crianças e cegonhas (a ave símbolo de Colmar está presente em todos os enfeites, o ano todo).

Jean se encarrega de nossas bagagens com incrível facilidade. Charlotte me informa:

– Querida, estamos bem próximos da hospedaria. Basta caminharmos algumas quadras.

Seguimos vencendo o frio até chegarmos em um casarão que mais parece com as casas dos contos de Grimm.

Charlotte destranca a porta. Jean entra primeiro, acomoda as bagagens e acende as luzes. Charlotte se apressa em acender a lareira. Peço licença e me acomodo na ponta de um sofá com aroma de lavanda. A sala está com as paredes decoradas com fotos tiradas por Charlotte, ao longo de sua carreira. Eu posso passar horas, aqui.

Jean chega com uma bandeja com chá de hibisco e biscoitos macios com sabor de mel e amêndoas.

Ainda mastigando mais um biscoito, sou convidada a subir as escadas e conhecer meu quarto, como se fosse uma filha retornando para casa depois de muito tempo.

Deixo minha bagagem em um canto, sob a promessa de amanhã arrumar tudo. Tomo um banho bem quente e me jogo na cama de roupão mesmo. Acho que adormecerei profundamente.

Parte II

Pela claridade que vence a cortina branca bordada, vejo que já amanheceu. Ouço batidas na porta e a voz de Charlotte:

– Tudo bem?

Abro a porta. Charlotte diz:

– Menina, você nos deu um susto. Já passa do meio-dia.

Respondo:

– Perdão. Não me lembro de dormir tanto.

Charlotte responde com um sorriso imenso:

– Venha tomar seu *brunch*!

Coloco um moletom, prendo os cabelos e desço as escadas. Na cozinha, Charlotte e Jean me aguardam em uma mesa com brioches, geleias, queijos e um bule de café floral belíssimo.

Peço desculpas pelo horário e lembro que prometi pagar pela hospedagem.

Charlotte me faz uma proposta irrecusável:

– Querida, em vez de nos pagar com dinheiro, gostaríamos que colaborasse conosco fotografando nossa cidade. Você nos explicou que trabalha para revistas de viagens, como se diz mesmo? É...

Noto a dificuldade de Charlotte e completo a frase:

– *Freelancer.*

Charlotte continua:

– Isso.

Respondo:

– É uma honra, porém, você é uma fotógrafa famosa. Suas imagens valem mais que todas que eu fizer!

Com sabedoria, ela diz:

– Nada como um olhar novo.

Pacto feito.

Termino minha refeição, pego a máquina fotográfica e saio em missão de reconhecimento.

Na praça, o relógio da torre da igreja anuncia as três horas.

A cidade é um conto de fadas.

Estou no centro histórico e observo a montagem dos Mercados de Natal.

Percebo as pessoas erguendo seus espaços com a cautela de um artesão. Entre elas, há um garoto de cabelos e olhos negros e pele morena. Puxo conversa e descubro: ele é Amon, um egípcio, filho de pais professores em uma universidade de Estrasburgo. Devido à Pandemia, eles não retornaram ao Egito e estabeleceram residência em Colmar.

A noite cai antes das seis da tarde. Despeço-me dos senhores das bancas já quase prontas. Pergunto a Amon se ele pode me passar o contato de seus pais, para divulgar as fotos que tirei dele. Ele sorri e me responde com muito mais: me convida para um chá, escrevendo o endereço em um guardanapo.

De volta à hospedaria, converso com Charlotte a respeito das cenas que registrei e dos amigos que fiz, incluindo Amon. Ela fica encantada e fornece uma garrafa de espumante para levar, dizendo:

– É de nossa vinícola.

Respondo, admirada:

– Vocês têm uma vinícola?!

Charlotte sorri:

– Você está na Alsácia! Ainda a levaremos lá.

Despeço-me e sigo pelas ruas onde as docerias cheiram a especiarias e mel e os restaurantes exalam o aroma de batatas assadas. Percorro uma ponte que tem um canal de água abaixo. Estou na *Petite Venice*. Faço meu caminho seguindo os dedos apontados dos comerciantes que me orientam sobre o destino.

Depois de passar por um prédio que parece ter mais de cem cabeças esculpidas, chego em um sobrado estreito e de cor azul. Lá de cima, Amon sacode os braços, sorrindo. Escuto os passos dele descendo as escadas. Abre a porta. Atrás dele, vejo uma mulher com cabelos negros cacheados, olhos iguais aos de Amon, com um vestido longo amarelo e um sorriso imenso: é Bastet, a mãe de Amon.

– Seja bem-vinda! Você é a nova amiga de Amon?

Sorrio e entrego o espumante, recebendo, de volta, um abraço com aroma de jasmim.

A sala da casa é repleta de livros, mapas do mundo, um globo terrestre imenso e tapetes dourados. Os sofás são vermelhos. Há um telescópio astronômico em uma das janelas. Chega um senhor com barba e bigode estendendo a mão com gentileza:

– Olá. Sou Hator, o pai desse menino comunicativo.

Respondo:

– É uma honra conhecê-los!

No centro da sala, há uma mesa forrada com uma toalha formada por vários quadros de cetim, um de cada cor com uma jarra exalando pêssego. Bastet coloca uma bandeja de prata com pães e doces de pistaches e avelãs.

Hator reaparece com o espumante já aberto e taças para nosso brinde.

Conversamos sobre povos e costumes, desde as Pirâmides de Gizé até os Alpes Suíços.

Agora, Bastet me convida a conhecer a sala de estudos.

Subimos por lances estreitos de escadas e chegamos ao sótão: há vários computadores, uma tela imensa com a projeção do céu e o drone de Amon. Ele adaptou ao aparelho um pequeno tapete e um boneco com trajes antigos, fazendo-o parecer um tapete mágico com um mago.

Amon realiza comandos por um dos computadores e, em minutos, o drone sai pela janela, transmitindo imagens em tempo real de vários cantos da cidade.

Pergunto ao menino se ele poderá fazer isso, quando os Mercados de Natal estiverem prontos, para colaborarmos com a divulgação. Ele sorri e abre uma porta grande de um armário. De lá, sai um drone maior do que aquele do tapete mágico. Ele gira e acende luzes coloridas como se fosse uma espaçonave.

Amon se adianta dizendo:

– A previsão do tempo mostra que não teremos neve. Os turistas não querem um Natal sem neve. Podemos transmitir as imagens em rede social, mas, sem os telhados brancos, a cidade provavelmente não terá muitos visitantes.

Bastet sugere:

– E se, em vez dos mercados já prontos, vocês divulgassem a montagem deles?

Eu complemento:

– Além da montagem, como eles preparam os produtos que vão para os mercados... o que acham?

Sem dúvida: a divulgação em rede social alcançará muitas pessoas, com rapidez. O Natal já se aproxima e precisamos correr.

Retorno para casa ouvindo meus passos nos ladrilhos. Uma chuva bem fina e gelada cai. Passo pelo edifício das mais de cem cabeças esculpidas que me acompanham. Sinto frio e minha cabeça ferve em ideias. Amanhã contarei para Charlotte: enquanto Amon filmará com seu drone a montagem dos mercados, eu seguirei fotografando a vinícola de meus anfitriões. Que os bons ventos nos guiem.

Jean e Charlotte aprovaram a ideia de fotografar a vinícola deles e conseguiram que algumas vinícolas vizinhas aderissem à iniciativa.

Meus dias agora seguem entre plantações de uvas e adegas.

À noite, algumas vezes reunidos na hospedaria, outras vezes, no sótão da casa de Amon, começamos a projetar um *site*, com imagens, filmagens e depoimentos de alguns comerciantes.

Nosso trabalho tem terminado tarde e Charlotte bate na porta de meu quarto, todos os dias, às seis da manhã, com Jean já pronto dentro da caminhonete para reiniciar o *tour*.

Hoje, dia oito de dezembro, Jean me leva para conhecer a propriedade de seu amigo Gregório, um italiano radicado na região.

A entrada da casa tem vasos com gérberas e lavanda. Não entendo como o dono consegue isso, nesta época do ano. Pego nas flores para ter certeza de que são verdadeiras. Atrás de mim, uma voz me adverte:

– Elas não gostam de ser tocadas.

Retiro minha mão rapidamente e é desta forma que conheço o amigo de Jean.

Somos convidados a ir direto para a *cave*.

Descemos uma escadaria escura, com cheiro de madeira e uva fermentada. Chegamos ao subterrâneo e nos deparamos com tonéis antigos.

Gregório nos leva a uma sala reservada. Lá estão os vinhos disponíveis apenas para familiares e convidados. Ele abre uma garrafa empoeirada e nos serve um espumante delicioso. Pego minha taça, caminho um pouco e, cansada e com sono, assento em um banco. Nesse momento, escuto um barulho atrás de mim. Várias coisas desmoronam. O banco virou para trás comigo. Ergo os braços protegendo a taça com uma mão e a máquina fotográfica com outra. O vinho virou em meu rosto e sei que, se sair viva daqui, das mãos de Gregório, com certeza, não sairei. Devo ter destruído metade da reserva de família.

Jean e Gregório me erguem.

Um deles pega os objetos em minhas mãos e outro me assenta em uma cadeira. Minha cabeça dói.

Depois de um tempo, consigo olhar para eles e os vejo assustados, perguntando se estou bem. Olho para trás e vejo vários cestos de vime. Prontifico-me a reparar de alguma maneira o estrago que fiz.

Gregório pega uma cesta de vime e a coloca em meu colo, dizendo:

– São apenas cestas vazias.

Olho para a cesta e lembro de uma época, na infância, quando meu pai recebeu da empresa em que trabalhava uma cesta igual a esta, no Natal. O cheiro do vime invadiu a casa. Ele colocou aquela cesta no chão da sala: estava repleta de produtos enlatados, vinhos, nozes espalhadas e muitos bombons. Eu sempre descobria um bombom, no meio da palha. Depois, aquela cesta abrigou meus livros durante anos, debaixo da cama, nas diversas moradias que tivemos, até que o mundo se transformou em minha nova casa e não pude carregá-la.

Gregório consegue perceber meu encantamento pela cesta e me presenteia com ela.

Tomamos o caminho de volta. A cesta de vime segue em meus braços. Quero chegar logo na hospedaria.

Finalmente, estou em meu quarto, com a cesta nas mãos. Tento colocá-la no armário. Mudo de ideia: coloco-a debaixo da cama.

Charlotte chega com analgésicos, um saco de gelo para colocar na cabeça e um suco de framboesa.

Pensamentos de hoje se misturam às lembranças. Parece que entrarei em um sono profundo...

Acordo. Olho debaixo da cama e puxo a cesta. Desço a escada. É mais de meia-noite. Coloco a cesta em cima da mesinha de centro da sala. Vasculho os armários e pego compotas, potes com frutas secas, um pacote de doces feitos por Bastet e pequenos espumantes. Pronto. Agora é torcer para acolherem minha sugestão.

Não consigo dormir. Aproveito para enviar minhas fotos para Amon, pedindo para colocar o site na rede social, com o material que tem. Ligo lá no hotel. Por sorte, quem atende é Camile. Por mais sorte ainda, Darlan, o gerente ferino, está em férias e Hector está na gestão. Perfeito! Pergunto se ela pode receber uma encomenda minha, na estação de Lyon, logo pela manhã. Explico que terá as instruções necessárias com o pacote que buscar. Ela fica curiosa e aceita a missão.

O dia amanhece com Jean e Charlotte compartilhando de minha iniciativa. Fomos para a estação e despachamos a cesta, onde peço para Hector e Camile disponibilizarem na recepção, como sempre fazem com as cortesias do hotel.

Enquanto Jean se encarrega de convencer Gregório a nos fornecer mais cestas, Charlotte se prepara para se reunir com os produtores que têm banca nos mercados. Já eu tenho a missão de ajudar Amon na finalização do *site*, agora, com a proposta de envio dos produtos. Preciso, também, pedir doces para Bastet. Um italiano, uma família egípcia, uma brasileira e uma comunidade francesa em prol do Natal. Isso, também, precisa entrar no *site*. Mãos à obra.

O inverno chegou. Seco e sem neve. Nosso *site* com poucos acessos e a cidade quase sem turistas. Olho para as cestas recheadas de guloseimas e espumantes, colocadas umas sobre as outras, ocupando a sala da hospedaria à espera de algum pedido. Nem a divulgação lá no hotel foi suficiente para despertar o interesse dos hóspedes.

De cabeça baixa, sinto um braço passar pelos meus ombros: é Gregório. Ele me consola pelo esforço em vão.

Charlotte e Jean aparecem carregando umas caixas que, sinceramente, não sei onde pensam colocá-las. Eles se assentam no chão e acenam para nós. Abrem as caixas e começam a tirar partes de uma árvore, bolas Natalinas e cordões de luzes.

Charlotte, sempre com um sorriso doce, diz:

– Ainda há tempo.

Depois da árvore pronta, resolvemos andar pela cidade. Está bastante frio. Encontramo-nos com um grupo de mercadores e fomos convidados a jantar com eles.

No mercado coberto, cadeiras e mesas estão emendadas com uma toalha vermelha. Cada um levou o que produzia. Ligo para Amon. Ele chega com Hator e Bastet, trazendo pães aromáticos. Degustamos néctar de ruibarbo e licor de mirabelle. Um senhor chega com um acordeon, inicia uma música e os mercadores cantam. Charlotte e Jean dançam como se tivessem se conhecendo agora.

De volta à hospedaria, passamos pela Rua Bartholdi. Perto de nosso destino, um furgão abre a porta. Sai uma senhora com um ponche colorido, cheio de pompons, falando alto como se estivesse sob o sol do meio-dia. Atrás dela, alguns casais, todos em idade semelhante aos meus anfitriões. Ela avança sobre Charlotte, erguendo minha amiga em seu abraço. Abraça Jean também. Na verdade, há uma sequência de abraços e beijos entre eles que somente Gregório e eu ficamos de fora.

Charlotte a segura pelo braço e nos apresenta:

– Esta é Louise, uma velha amiga, dos tempos de Paris.

Louise acrescenta, com sua voz de amplificador:

– E esses são casais que resolveram aproveitar o clima aqui. Logo chegarão mais pessoas que querem conhecer a região, mas não vinham porque precisavam fugir de temperaturas muito baixas. Este ano, ao contrário, está perfeito.

Minha anfitriã apenas sussurra:

– Nadar contra as ondas não resolve: precisamos surfar nelas.

E lá vamos nós, em plena madrugada, fazer uma sopa e ajeitar todo mundo na hospedaria. Enquanto Gregório e Jean carregam as malas, Louise, Charlotte e eu vamos para a cozinha. O espírito do Natal chegou.

Hoje é vinte e quatro de dezembro.

A estação de trem que me recebeu está acesa: um bom número de turistas chegou para passar a noite de Natal.

Na Praça Central, as bancas estão iluminadas.

A Igreja anuncia para as crianças que Papai Noel e seus duendes estão para chegar.

Vejo o drone de Amon. Acompanho seus movimentos e encontro a família egípcia na ponte sobre o canal de água, onde, nesse momento, passa uma embarcação com visitantes.

Bastet me convida:

– No próximo ano passaremos as festas em nossa terra. Venha conosco!

Pergunto:

– Um Natal entre esfinges, pirâmides e areia do deserto?

Hator dá uma gargalhada e explica:

– Temos uma casa no litoral; mas, se quiser, a levaremos ao deserto. Seja no Mar Vermelho ou no Saara, será um prazer tê-la conosco.

Um vento dos Alpes sopra intensamente.

Enquanto os amigos egípcios vão para um *show* do coral, decido buscar um cachecol e me comprometo a encontrá-los mais tarde.

Retorno à hospedaria. Está com as luzes apagadas e iluminada pelo pisca-pisca da árvore da sala. Subo a escada. Abro a porta de meu quarto e acendo a luz. Sobre minha cama vejo uma das cestas que montamos, com um cartão assinado por Jean e Charlotte com uma única frase: *Você faz parte de nós.*

Cuidadosamente, retiro os produtos da cesta, da mesma forma que se abre um presente. Vejo que instalaram uma prateleira branca onde colocaram as bonecas-princesas. A Minnie está assentada na poltrona vermelha, olhando para mim com ares de bem acomodada.

Pego a cesta e a coloco debaixo da cama. Definitivamente.

Estarei, agora, sempre aqui, pronta para recebê-los e apontar as maravilhas da Alsácia. É fácil me encontrar: saiam da estação de trem de Colmar e sigam direto pela Boulevard Saint-Pierre, virando na Rue Bartholdi; logo identificarão a hospedaria.

Acreditem, o mundo continua sendo minha casa; porém, esse lugar repleto de Natal se tornou meu lar. Espero por vocês. *Joyeux Noël! Feliz Natal!*

Ajudantes de Natal ou de como a magia de Natal ganha vida

Por Barba Rocha

Na Rua das Amendoeiras o Natal tinha temperatura e cheiro diferente. Era o início do verão na cidade, de modo que as grandiosas árvores que rodeavam o campinho exalavam um perfume agradável, capaz de tranquilizar qualquer um. Os frutos espalhados com os restos de folhas do outono juntavam-se à terra batida pelas partidas emocionantes e mais brincadeiras animadas.

Época de férias, a movimentação era intensa, correndo crianças, adolescentes e mesmo adultos por entre os troncos de oito, talvez nove metros de altura. Os pés descalços energizavam o corpo inteiro. O suor era de atividade muito bem curtida.

Em uma casa pequena e, bem no canto esquerdo da praça, vivia Dico. Recém-chegado à Rua, ainda não conhecia os demais moradores, por isso seguia o velho hábito de ficar mexendo nos eletrônicos por mais tempo do que o necessário. Da sua janela, ele às vezes espreitava a agitação. Pensava que, por já ser quase um adulto, não se prestaria a certas coisas. Apesar disso, não se deve interpretar mal o rapaz. Dico não era uma pessoa amarga, só lhe faltava compreender algumas coisas.

Sendo assim, o Espírito do Natal, incorporado na Rua das Amendoeiras, estava disposto a lhe provocar um pouco.

No dia vinte e três de dezembro, Dico foi passear com seu cachorro Timba pelas calçadas próximas. O horário já havia afastado todas as pessoas dali, recolhendo-as em suas casas. Pode-se dizer que não era algo que Dico gostasse muito de fazer, mas antes isso do que limpar as necessidades do arrojado Timba pela casa inteira. Em seu fone de ouvido, tocavam músicas internacionais da moda e o volume não o deixou ouvir o primeiro "psiu".

Veio o segundo, o terceiro. Finalmente, uma amêndoa caiu no capô do carro estacionado ao lado, fazendo um barulho que ecoou pela Rua vazia. No susto, Dico teve o reflexo de tirar os fones e olhar para a copa da árvore.

– Boa noite, bonitão!

O coração do rapaz saltitou como se estivesse na véspera de pular de *bungee jump*. Lá estava um carinha, vestido com roupas maltrapilhas, cabelo ondulado. Jogava uma fruta para cima e catava novamente no ar. Timba só observava sentado, como se conhecesse a figura. Nenhum latido.

– Gosta de desafios? – questionou o carinha da árvore.

– Depende – respondeu ainda meio no susto Dico.

– Sobe aí, então!

Aquela era uma amendoeira das grandes. Por outro lado, Dico não gostava muito de "caras de zombaria" e aquele rapazinho fazia algumas bem irritantes. Na verdade, sua face parecia filha primogênita do deboche em pessoa. "Pode deixar comigo", pensou Dico já colocando as mãos no tronco para iniciar a escalada. Timba agora começou a latir.

Pisa de um lado, força do outro, puxa, sobe, escorrega... Para, respira, pisa, força, puxa, sobe... Quanto mais Dico escalava, mais a copa ficava distante. O cansaço somente aumentava. Ele então se concentrou por inteiro. Força, sobe e, finalmente, o topo.

Por um momento, sua reação foi recostar para descanso, fechando completamente os olhos. Isso durou alguns pouquíssimos instantes e Dico logo foi provocar o outro rapaz:

– E agora? Cadê a sua careta?

Mas... como? Não havia ninguém mais na copa da amendoeira. Olhou para os lados, para baixo. Somente Timba. Estranhamente, um galho parecia se estender, como uma ponte levando até uma porta iluminada. Ao som dos latidos, Dico seguiu com cuidado.

Mais um passo... ele percebeu que acima da porta havia uma inscrição em letras bem ornadas, como se feitas por mãos muito habilidosas.

Qual o seu desejo?

Aquela questão ressoou em Dico, subindo da sola dos pés, fazendo borbulhas pelo estômago, chegando às sobrancelhas franzidas.

Atravessando a porta a visão era de um casarão magnífico, com luzes amarelas espalhadas a partir de um grande lampadário. Os móveis em madeira estavam apoiados em tapetes macios, trançados em tons reconfortantes. Os adereços eram variados, predominando cores verdes, vermelhas e douradas. Ao fundo, uma música suave cintilava com a brisa. Dico sentiu um calor por dentro, daqueles dos bons.

– Bem-vindo, bonitão!

Quem brincou novamente foi o carinha da copa. Ele agora tinha uma aparência um pouco diferente, mas ainda com traços de quem gosta de umas charadas. Dico ainda estava mergulhado nas impressões que o casarão lhe causara. Ainda assim entrou na pilhéria.

– Mais bonito que você, com certeza! Meu nome é Dico. Qual o seu?

– Se eu fosse você, voltaria sua curiosidade para outra coisa. Por enquanto, só posso lhe dizer que sou um mero ajudante por aqui. Nas ruas, sou um sapateiro.

Entre enigmas e piadas, o ajudante foi conduzindo Dico mais adentro, até se depararem com três grandes portas. Elas eram elaboradas de formas e materiais completamente diferentes de tudo que o jovem já havia visto. Havia frestas que as tornavam um tanto esvoaçantes, sendo que as fechaduras em ferro brilhante estavam envoltas por fluidos esverdeados.

– Pode escolher por onde seguir – disse o ajudante sorrindo.

Dico começou a caminhar.

– Antes, contudo... – interrompeu o ajudante. – Você pode experimentar cada uma delas. Basta encostar nas fechaduras.

Dico prosseguiu em direção da porta mais à direita. Ainda que um pouco hesitante, esticou a mão para tocar a fechadura e... o jovem de repente se viu no meio de todas as coisas que ele sempre desejou ou imaginou que teria. O que ele quisesse, imediatamente aparecia, independentemente de quanto custasse. Por meio daquela porta, Dico teria sempre todas as coisas que quisesse. Porém, o rapaz olhava para um lado e para o outro, não vendo mais ninguém. Então sentiu como se estivesse sentado em um monte enorme de coisas. A sensação foi desagradável. Tuf! Dico retirou a mão da primeira fechadura.

– Uh! Bom, hein? – provocou o ajudante.

– Não sei, não – respondeu Dico se dirigindo para a porta da ponta esquerda.

Desta vez ele se viu em um enorme castelo, repleto de pessoas que o bajulavam. Elogios a todo tempo, presentes caríssimos. Dico era poderoso, de tal jeito que as pessoas lhe pediam favores, mas nunca reclamavam de suas decisões. Alguns o chamavam de O Intocável. Mais uma vez Dico se sentiu sozinho, desta vez na torre do seu castelo. Tuf!

Ao tocar na terceira fechadura, na porta do centro, Dico viu uma floresta em uma noite estrelada. Uma luz vibrava distante. Pessoas cantavam e dançavam em volta de uma grande fogueira, animadamente. Ele seguiu em direção ao lugar rapidamente. Tuf!

Agora a sala contava com mais uma presença, além do ajudante. Um homem de olhos vivos, bem encorpado, caindo-lhe sobre os ombros uma capa verde-musgo, a qual lhe fazia parecer vindo de uma das histórias de Robin Hood. Na sua cinta estavam devidamente ancoradas algumas ferramentas finas, prontas para o trabalho assim que as mãos assertivas do seu dono precisassem.

– Olá, Dico! Está gostando da casa? – disse o homem com uma voz amistosa.

Dico estava meio titubeante diante do novo sujeito que ali apareceu. Rapidamente imaginou que fosse o dono da casa ou coisa do tipo, já que o outro era apenas um ajudante.

– Si-s-si... sim. Muito bonita...

O homem sorriu. Seus gestos não mostravam nenhuma ameaça. Muito pelo contrário. Começou a circular mostrando detalhes da casa não antes vistos por Dico. A atmosfera que exalava era como a de um amigo de longa data, embora o jovem jurasse nunca o ter visto antes.

– Posso saber quem você é? – perguntou Dico sinceramente.

– Você já sabe quem eu sou! – respondeu o robusto homem.

– Noel... Papai...

Nesse momento a gargalhada do homem e do seu ajudante tomou conta do casarão inteiro. Eles se entreolhavam como se dissessem “Mais um, hein?”. Nem vestido de vermelho, o homem estava. Dico, por sua vez, agora estava bem desconsertado.

– Não, filho. Não sou Papai Noel. Digo-lhe, todavia, que sou uma pessoa que o conhece. Alguém próximo. Ele nos inspira e nos ajudou na feitura desta casa belíssima. Nas ruas, sou, por assim dizer, um faz-tudo. Tecelão, marceneiro, alfaiate, pintor...

Vendo como Dico estava, o ajudante se aproximou um pouco mais, segurando no seu ombro e dizendo-lhe:

– Ele é conhecido como Mestre Faia. Da árvore, sabe?

Na verdade, Dico não sabia o que era uma faia. Mas tudo bem. Não era a intenção de ninguém fazer testes de conhecimento naquela hora. Pelo menos Dico já sabia o nome daquele imponente homem.

Para além disso, contudo, o jovem sentia palpitando a questão posta na entrada da casa.

Qual o seu desejo?

Ele então virou-se para as três portas, reflexivo. Mestre Faia então fez o que só um bom amigo sabe fazer. Aproximou-se de Dico tranquilamente, em silêncio. Sua presença firme ajudava Dico a navegar por suas próprias ideias com segurança. Ao pedido do jovem por um aconselhamento, Mestre Faia entoou uma breve canção:

O que deseja?
Cada porta uma possibilidade.
Mas, afinal, não são apenas portas?
Podemos ir e vir, entrar e sair.

Qual o seu desejo?
Seu coração pode medir.
Calor demais queima,
Frio demais congela.
Nesta noite estrelada, uma oportunidade se revela.
Ouça tudo o que é vivo,
Humildemente se levante e decida.
Este é o meu presente para você, amigo!
Humildemente se levante e decida.

A canção deixou Dico contente, mas, acima de tudo, retirou algo que pesava sobre os seus ombros. Sentia-se leve, confiante como nunca.

– Que canção, mestre! Que canção! – aplaudia o ajudante.

– Sim! Que canção! – concordava Dico.

Virou-se o jovem então para a última porta cuja fechadura havia tocado. Aquela mesma da floresta estrelada. Mestre Faia e o ajudante o olhavam com serenidade. Aproximou-se da porta e entrou.

O som vinha por todas as janelas de sua casa, misturando-se com os latidos finos de Timba. Era vinte e quatro de dezembro, às cinco da manhã. Dico levantou-se da cama um tanto estonteado, seguindo para entender o que estava acontecendo. Quem faria aquilo naquela hora?

Passava pela frente da casa um pequeno cortejo, com pessoas de idades diversas, vestidas em trajes Natalinos e animadas por violões, violinos, pandeiros e flautas. A canção convidava todos a vir, enquanto o sol já começava a despontar a leste. Era véspera de Natal na Rua das Amendoeiras.

– Ô de casa! Ô de casa!

Era o chamado direcionado para os moradores da casa do canto esquerdo da praça. Dico se ajeitou rapidamente e, antes mesmo de qualquer pessoa da sua família, chegou à porta.

– Bom dia!

Quem falara era uma jovem de olhos claros, pele lisa, com tom mestiço típico daquelas bandas. Seus cabelos trançados para trás deixavam sua fronte livre, destacando a beleza singular do seu rosto. O vestido bem adornado era próprio do festejo. Dico foi imediatamente arrebatado e somente disse algo após a jovem lhe dizer novamente "bom dia".

– Oi. Bom dia!

– Estamos convidando todos os moradores para a celebração de hoje à noite. Gostaria de vir? – disse a jovem.

Dico parecia não entender muito sobre a referida celebração, transparecendo algumas dúvidas por meio das expressões do seu rosto.

– Todos os anos reunimos os moradores na praça – explicou a jovem. – Decoramos toda a Rua, desde a madrugada até o início da noite. Algumas coisas já estão preparadas, mas sempre precisamos de contribuição.

Dico deu uma espiada na Rua e mal conseguia acreditar que já haviam realizado tantas coisas. Voltou então os olhos sob encanto para a jovem.

– Não tenho muito com o que contribuir.

– Todos têm como contribuir – falou a jovem com ânimo.

Naquela altura ele concordaria com quase tudo que ela dissesse. É claro que ele poderia contribuir! Que besteira!

– Posso ajudar com trabalho! – disse entusiasmado.

– Ótimo!

– Só não tenho esses trajes...

– Não tem problema. Vem com os que tiver. Qualquer coisa, pode me procurar por aí. Chamo-me Manu. Muito prazer – falou a jovem estendendo-lhe a mão.

– Prazer. Dico! – estendeu ele também a mão.

A energia agora era outra. O jovem foi contagiado. Buscou uma roupa ajustada, mais ou menos "de festa de Natal". Tomou um café reforçado, ouvindo dois bem-te-vis cantando com empolgação nas amendoeiras.

– Cinco da manhã. Pouco importa! Morrendo de sono. Que nada! Não sabe fazer nada de Natal. E daí?! – balbuciava já saindo de casa.

Acertando-se aos poucos, Dico ajudou bastante. Carregou coisas para cá e para lá. Subiu em escada íngreme para levantar a corda de luminárias. Apoiou a caminhada difícil de sr. Zito até a cadeira colocada em boa sombra. Num barril grande, mexeu a bebida fermentada escura que Bino e Gema, dois novos amigos, trouxeram. Provou um salpicão (comida que nem gostava) para saber se Ritinha havia aplicado bem os ingredientes. De vez em quando, espiava o que Manu estava fazendo e tirava algumas dúvidas sobre "nada demais". A Rua tinha, de fato, um novo morador.

Assim, a noite foi chegando. Todos se recolheram para um último asseio, menos Dico. Ele olhou para aquela amendoeira da noite anterior, tentando se recordar do que passou. De onde estava, não havia nenhum sinal do casarão. Pensou em subir, mas logo desistiu. A festa estava cada vez mais próxima.

– Mestre Faia e seu ajudante! – falou para si mesmo e se alegrou.

Da sua janela, Dico olhou por entre os galhos grandes e folhas verdes. O bálsamo das árvores circulava com a boa brisa. Estava diante de uma verdadeira floresta mágica, abençoada pelo trabalho comum, pela amizade, pelo amor. A música fluía animada, agora com mais instrumentos, mais vozes. Ele então caminhou pela Rua das Amendoeiras, com sua família ao lado, até se juntar alegremente às luzes e aos seus vizinhos.

Ah, noite feliz!

Seria uma injustiça tremenda finalizar este conto sobre o Natal na Rua das Amendoeiras sem versar sobre mais um miúdo detalhe.

Enquanto festejava com seus familiares e vizinhos, um presente foi deixado na porta da casa de Dico. Apesar de simples, estava muito bem ajeitado em uma pequena caixa feita com todo o cuidado. Os ornamentos pareciam fluídos em verde, vermelho e dourado, deslizando de modo trançado pela caixinha. Um cartão trazia a divertida ilustração no fundo e letras delineadas com habilidade única:

Ao amigo Dico!
Com feituras e entalhes mágicos,
Mestre Faia e seu ajudante!

Peridéxion de Natal

Por Alessandro Mathera

É manhã de Natal. Enquanto eu preparava o café da manhã para mim, fiquei lembrando da festa e da ceia na noite anterior. Nossa primeira celebração de Natal sem sobressaltos, eu e meu filho. Ele continuava dormindo, brincou muito na véspera. Também refleti sobre os perigos que tive de enfrentar este ano, em especial quando estive diante dos Quatro Cavaleiros.

Infelizmente meus momentos de sossego pouco duraram. Campeão, o majestoso tigre alado gigante adentrava pela porta da minha cozinha. Dessa vez, foi ele quem veio me trazer o alerta de mais uma missão urgente.

— Bom dia, Guardiã Alice. Pelo que vejo você esperava ter um dia mais calmo, condizente com o motivo da celebração de ontem.

— De fato Campeão, eu gostaria muito de ter um Natal calmo. Pelo menos desta vez não foi antes do Natal — respondi.

— Então, vamos falar com o Oráculo porque cada segundo conta para uma boa resolução. Quanto ao seu filho...

— Eu sei que não preciso me preocupar com a segurança dele durante a missão. Você é sempre zeloso e traz os seus guardas para cuidarem dele na missão.

Levantei-me da cadeira e seguimos para o meu quarto. Lá estava a esfera de diamante onde habita o Oráculo, brilhando com o seu alerta de luz vermelha. Mal entramos e a mesma se apagou aos poucos antes de começar a falar.

— Bom dia, Guardiã. Eu sei como você se sente em relação a deixar seu filho em tais ocasiões, mas é necessário agirmos.

— Tudo bem, Oráculo. Sei que é para o bem de todos, inclusive do meu filho. É preciso deixar o mundo seguro das ameaças que combatemos. Agora, diga qual é a missão de hoje.

— Yggdrasil precisa de nossa ajuda.

— Um dos peridéxions precisando de nossa ajuda é, no mínimo, preocupante.

— De fato, devemos nos preocupar. Os kallikantzaros saíram do subsolo, como em todo Natal, porém desta vez continuaram seus ataques contra Yggdrasil.

— Quem são esses tais de kallikantzaros?

— São goblins malévolos que passam o ano inteiro serrando Yggdrasil. Eles querem derrubá-lo para que o mundo colapse junto. Porém quando chega o Natal eles saem para a superfície para aprontarem com os seres humanos. Ao encerrar o solstício de inverno do hemisfério norte no dia seis de janeiro, eles retornam para o subsolo e lá encontram Yggdrasil curado dos seus ataques.

— Entendi. Desta vez eles preferiram continuar atacando a Árvore do Mundo na superfície para impedir a sua cura como das vezes anteriores. Muito bem, e como vamos cuidar disso?

— Primeiro vamos precisar de uma arma adequada para caçar goblins.

— Então vamos!

Um forte clarão nos envolve e logo estamos dentro de uma construção que não reconheço.

— Que lugar é este, Oráculo?

— Nós estamos dentro do museu de Santa Sofia, em Istambul, Turquia.

— Ainda bem que você está executando o seu feitiço de ocultamento, Campeão — o tigre gigante alado emitia um ruído similar a um ronronado contínuo. Não tinha como qualquer pessoa nos ver — Mas qual armamento nós viemos buscar aqui Oráculo?

— Algumas das colunas usadas nesta construção vieram do antigo Templo de Ártemis em Éfeso. Enquanto a Guardiã atual, em uma dessas colunas você consegue acessar um portal para o arco de Ártemis.

— E qual coluna seria essa?

— A segunda à sua esquerda, Guardiã.

Eu sigo adiante e paro em frente à segunda coluna. Vejo uma parte dela cintilar e toco no local. Minha mão atravessa a coluna até tocar uma haste junta com uma espécie de cinto. Eu pego ambos e trago para fora.

Uma aljava de couro com o símbolo de Ártemis devidamente trabalhado em sua superfície cheia de flechas com ponta de prata. O arco também era feito de prata e muito mais leve do que aparentava. O conjunto todo parecia pulsar com a energia divina dele emanada.

— Perfeito, Oráculo! E agora, para onde vamos?

— Ao encontro de Yggdrasil.

Dito isso, outro clarão nos envolve e saímos de Santa Sofia.

Desta o Oráculo nos teletransporta para a entrada do Parque Nacional da Sequoia, nos Estados Unidos. A princípio eu pensei que o Oráculo havia errado em não nos enviar para mais próximo de Yggdrasil. Quem estava errada era eu.

A entrada estava guardada por diversos dos kallikantzaros, goblins dos mais feios que eu já vi. De aparência humanoide, todos com uma pelagem preta, cascos no lugar do pé, longas caudas e orelhas de burro.

Todos fazendo ameaças contra nós.

— Muito bem, é hora do combate! *Volant per pugna*, Oráculo!

O Oráculo flutua da minha mão e se lança contra um grupo numeroso de kallikantzaros, derrubando todos.

O Campeão é o próximo a investir contra os goblins feiosos usando suas poderosas garras e presas.

Eu entro por último flechando os demais kallikantzaros que restaram.

A cada goblin que caía (ou seus pedaços, quando eram vítimas do campeão), o oráculo emitia raios de luz eliminando de vez os corpos no chão.

Avançamos pelo parque nesse ritmo, mesmo aparecendo cada vez mais kallikantzaros no caminho.

Minhas flechas só não acabavam porque a aljava de Ártemis trazia de volta as flechas após acertarem seus alvos.

Nossa batalha ainda ia durar mais um bom tempo até encontrarmos a Árvore do Mundo.

Depois de muitos, mas muitos kallikantzaros terem sido mortos e o Oráculo ter pulverizado todos os restos mortais desses goblins feiosos, encontramos Yggdrasil.

A visão era das mais aterradoras: um sem-número de kallikantzaros subindo pelo tronco e galhos da Árvore do Mundo somente para quebrá-los e cortá-los. Muitos deles seguravam machados e serrotes, porém esses eram os primeiros que o próprio Yggdrasil agarrava e lançava com seus galhos.

— Oráculo! Campeão! Precisamos de uma nova estratégia para derrotar esses goblins malditos!

O Campeão vem correndo até mim e subo em suas costas. Eu ainda atiro algumas flechas até encontrarmos e eu pegar o Oráculo de volta.

Ergo o Oráculo e grito um novo feitiço:

— *Ignis divinus ardeat* kallikantzaros!

Imediatamente todos os goblins começam a pegar fogo. Seus gritos de dor se espalhavam pelo Parque: muitos deles ainda estavam vigiando as entradas e outros locais para evitar mais possíveis defensores da Árvore do Mundo.

Apesar dos kallikantzaros estarem em chamas, Yggdrasil não ficou nem chamuscado e viu sua defesa ser facilitada: sem resistirem por causa da dor, era mais fácil arremessar os goblins ao chão.

Nós pousamos de volta apenas para eu descer do Campeão e terminarmos de eliminar os kallikantzaros que não estavam na Árvore do Mundo.

— *Volant per pugna*, Oráculo! — e ele retornou ao combate e eliminação dos restos mortais dos goblins no restante do Parque.

O Campeão também levantou voo para caçar os demais kallikantzaros espalhados pelo Parque.

Eu permaneci junto à Yggdrasil flechando outros que ainda vinham em nossa direção e os que conseguiram sobreviver aos arremessos da Árvore do Mundo ou mesmo à queda.

Esta operação de "limpeza" do Parque ainda durou cerca de meia hora, tamanha era a quantidade de kallikantzaros. Logo depois de eu flechar o último goblin arremessado por Yggdrasil, chegam de volta praticamente juntos o Oráculo e o Campeão. Mesmo com o chão apinhado de corpos, o tigre gigante alado consegue pousar à minha esquerda enquanto a esfera de diamante vem repousar em minha mão direita.

Ergo a mão para o alto mais uma vez e os raios de luz emitidos pelo Oráculo completam a limpeza necessária ao Parque: não resta mais nenhum corpo de kallikantzaros. Logo depois o arco e a aljava com as flechas começam a evanescer: ambos estavam voltando para sua proprietária, Ártemis.

Mesmo com o ataque feroz dos goblins, a recuperação de Yggdrasil era rápida e visível aos olhos. Pela primeira vez desde que nós três chegamos a Árvore do Mundo fala. Como sempre e como todos os peridéxions, ela fala em nossos ouvidos e mentes ao mesmo tempo.

— Protetores, mais uma vez a sua intervenção se fez necessária, com um resultado eficiente e eficaz. Esta guerra contra os kallikantzaros durou séculos. Por todo esse tempo, houve um equilíbrio, uma vez que eu conseguia conter os inimigos no subsolo por quase todo o ano. Quando chegava esta época de Natal, os goblins sempre saíam e eu conseguia me recuperar para mais um ano. Dessa vez, eles não quiseram ir para longe de mim e resolveram continuar me enfrentando. Sei que foi um combate duro e pesado para vocês também, por isso eu sou muito grato por vocês terem impedido o meu colapso e o consequente colapso da Terra.

— Não precisa agradecer, Yggdrasil — adianta-se o Oráculo.

— Nós sempre estaremos a serviço de Gaia e da humanidade como seus protetores — completa o campeão.

Eu permaneço calada por alguns segundos antes de falar.

— Yggdrasil, Árvore do Mundo, foi uma grande honra combater aqui ao lado do Campeão e do Oráculo para evitar um mal maior. Com os kallikantzaros agora eliminados creio que nada mais o ameace por agora, porém eu gostaria de saber o que pode ter levado eles a continuarem tentando derrubá-lo mesmo fora do subsolo.

— Uma excelente pergunta, Guardiã. E a resposta é bem simples: houve um desequilíbrio nas forças desde a tentativa fracassada de Asvero e Elimas em provocar o Apocalipse antes do tempo. A intervenção de vocês três alguns meses atrás impediu os planos deles de avançarem até o final, porém o equilíbrio das forças do bem e do mal foi afetado em diversos locais. A minha guerra contra os kallikantzaros foi um dos conflitos a ter sofrido com esse plano e suas consequências.

— Ou seja, as forças com que aqueles dois mexeram eram muito mais fortes do que podiam imaginar em seus planos egoístas.

— Exatamente, guardiã.

— Então, agora que já está tudo resolvido, eu gostaria de voltar para casa e passar o restante do Natal com o meu filho.

— Pois então, permita que eu dê um presente de Natal para todos vocês por terem salvado a mim e ao mundo.

De repente, começam a brotar pequenos troncos de madeira do chão e eles se moldam em cadeiras e uma grande mesa, além de um grande abrigo coberto em volta de nós três. Pequenas luzes começam a surgir no abrigo e em Yggdrasil. De início não identifiquei o que eram mas algumas começaram a voar para outros lugares: vaga-lumes! Yggdrasil havia virado uma árvore de Natal gigante!

— Oráculo, por favor, tenha a bondade — disse Yggdrasil.

Mais um clarão típico do teletransporte do Oráculo, porém desta vez foi para trazer meu filho, os presentes que estavam debaixo da árvore da sala, os guardas do Campeão e uma mesa posta com refeições para todos.

— Uau! Muito obrigada, Yggdrasil! Eu não podia ter Natal melhor ao estar reunida com todos vocês.

— Não precisa agradecer, Guardiã Alice. Esse é o meu presente de Natal para todos vocês. Já podemos todos festejar. Feliz Natal!

Caixinhas mágicas da Gynger

Por Cris Rossi

Início do mês de novembro do ano de 1986. Em uma pequena cidade do interior de São Paulo, as lojinhas já iniciavam a decoração Natalina em suas vitrines. Tudo arrumado com muito carinho e perfeição. Guirlandas de todo o tipo de material, bolas coloridas, luzinhas piscantes, árvores pequenas ou enormes, sinos de todos os tipos, estrelas prateadas ou azuis, centenas de luzes brancas enroladas em árvores, sobre os telhados das casas, nas ruas e muita vontade de satisfazer os olhos curiosos de adultos e crianças.

Tudo muito lindo e preparado para a comemoração da época mais esperada do ano, mas certa fábrica de fazer caixinhas para todo o tipo de objetos não renovou sua vitrine espetacular (assim comentavam os turistas e moradores do local). No lugar de uma bela decoração, as estantes estavam entulhadas de caixinhas opacas e apenas uma valente guirlanda velha sugeria a presença da festividade. No passado, as vendas com as caixinhas eram um sucesso. Eram desenhadas pelo criativo dono José, que amava sua profissão, sua esposa Dorinha e a fábrica. Ele dedicava-se à produção das caixinhas e Dorinha comandava a pequena empresa com enorme eficiência. Tudo ia muito bem para o casal até que em uma bela manhã José acordou sentindo muitas dores nas mãos e mal conseguia movimentá-las. Por causa disso começou a ser tomado por uma raiva incontrolável, pois não conseguia criar os desenhos sem os movimentos das mãos. Bastante preocupada, Dorinha marcou uma consulta com o médico da cidade e o resultado foi que, devido a repetição das atividades de pintura, uma lesão permanente lhe tirou a capacidade de movimentar as mãos sem sentir dores terríveis. Ele ficou tão furioso que não escutou que precisaria de um tempo de repouso e de um tratamento contínuo para amenizar o problema. José se fechou dentro de uma enorme bolha de tristeza, tornando-se intransigente, radical e não permitindo Dorinha contratar outra pessoa para substituí-lo.

Os moradores ficaram tristes com tudo isso, eles adoravam colocar as caixinhas distribuídas pelas suas casas, diziam que elas enfeitavam e traziam alegria. Além do mais, a vitrine da pequena fábrica era a decoração Natalina mais inspiradora de todas e começou a ficar desleixada e abandonada.

Não muito longe dessa cidade, uma garotinha chamada Gynger, seus irmãos Rhavi e Olivia aguardavam ansiosos a época do Natal, eles passariam suas férias na cidade conhecida pela fábrica de lindas caixinhas, onde sua avó querida residia. Montar cabanas no jardim sob o céu estrelado e ouvir as histórias de Natal contadas pela vovó, visitar todas as lojas de brinquedos, ver vitrines lindas e, claro, passar na fábrica de caixinhas e escolher as mais bonitas para os presentes.

Gynger até sonhava acordada com a vitrine da fábrica de caixinhas. Que espetáculo para a curiosidade das crianças!! Muito verde e vermelho, Papai Noel gigante e brinquedos antigos guardados dentro de caixinhas coloridas. Até um sorteio era realizado e uma caixinha "super-surpresa" era dada ao sortudo ganhador. Ela ficava tão ansiosa que corria para a sua caixa de lápis colorida e passava horas desenhando tudo o que estava em sua mente. Que dom tinha essa menina!

Malas prontas dos três irmãos, cãozinho no carro (um yorkzinho chamado Kalil) e os pais partiram rumo as férias tão esperadas...

Chegaram à pequena cidade e o coração de Gynger batia forte com tamanha felicidade. Ver a vovó querida e já sentir o cheiro de pão caseiro, servido com uma generosa camada de manteiga artesanal, acrescido de uma fatia deliciosa de queijo. Tudo era, simplesmente, mágico! Jamais essas lembranças seriam esquecidas.

Gynger, após o lanche, implorou a vovó que fossem visitar o centrinho da cidade. Pelo caminho, ela já havia visto uma bela amostra das decorações Natalinas. Agora, queria ver de pertinho e de preferência segurando bem forte a mão da avó amada. Claro que o convite ao passeio foi logo aceito e lá partiram todos para o centrinho...

Muitas vitrines esbanjavam luzes, cores do Natal, bonequinhos de neve e algumas distribuíam doces às crianças. O que mais aguçava a imaginação de todos era a visita à vitrine da fábrica de caixinhas. Com rapidez chegaram lá, mas Gynger ficou decepcionada ao encontrar uma vitrine sem graça e atulhada de enfeites velhos.

Depois de insistir muito com a avó, a menina conseguiu entrar na fábrica para conversar com a dona do lugar. Dorinha as recebeu com muito carinho e, com algum constrangimento, contou-lhes a tristeza do marido após a doença que atingiu a mobilidade de suas mãos. Detalhou que ele se manteve firme no propósito de não contratar outra pessoa para o departamento criativo e que o Natal também lhe fazia mal, pois a alegria das pessoas o incomodava. Gynger pensou, naquele momento, que algo deveria ser feito por eles. O que seria?

A noite chegou e todos já haviam retornado para a casa da avó. Sentada em uma pequena cadeira de balanço na varanda, Gynger contemplava o céu forrado de pequenos pontinhos brilhantes e imaginava um belo trenó dirigido por Noel, rasgando o céu estrelado. Kalil estava deitado em uma mantinha xadrez, olhando para os olhos da menina. Era possível ver o brilho das estrelas refletindo nos dois olhinhos da menina. E o pensamento dela também tentava encontrar respostas para a situação penosa de dona Dorinha, senhora jovem, disposta, linda e sem condições de lutar para mudar aquela situação. O que poderia ser feito? Gynger tinha certeza de uma coisa: eles haviam entrado em uma imensa bolha de tristeza. Na teoria da menina, essas "bolhas de tristeza" ficam flutuando pelo mundo e pegam pessoas com suas defesas em declínio. Havia só uma certeza no coração dela: o Natal era a época perfeita para ajudá-los...

Na manhã seguinte e após saborear o café "Natalino" da vovó, Gynger foi para a varanda e levou sua tela e seus apetrechos de pintura. Esse era um dom excepcional da menina. Ela criava desenhos lindos com muita facilidade. Olhando a linda árvore de Natal da vovó e analisando cada enfeite, teve uma ideia: ela iria pintar algumas caixinhas de madeira para as pessoas. Mas não seriam pinturas comuns. A pessoa relataria um desejo especial de Natal à outra pessoa e Gynger desenharia esse desejo na caixinha. Essas caixinhas seriam dadas como presentes. Seriam mágicas e levariam desejo em forma de pintura, palavra ou cor e essa intenção juntaria amor em excesso para a pequena cidade, seus moradores e a bolha de tristeza que atingiu a sra. Dorinha e o sr. José, explodiria no ar, deixando entrar todo o amor que circula na noite de Natal.

Gynger foi correndo até a fábrica. Entrou e contou seu plano aos donos. Não conseguiu nem esperar a resposta deles. Como o esperado, a bolha de tristeza ficou tão enfurecida que a jogou com força para fora do estabelecimento. Mas, a menina era valente! Levantou-se do chão e retornou rapidinho para a casa da avó. Pediu uma mesa emprestada, uma cadeira, pegou seus apetrechos de pintura e algumas caixinhas. Organizou tudo em frente à casa e colocou um cartaz: “Conte aqui o seu desejo de Natal para quem quer bem e eu desenharei esse desejo numa caixinha.”Ela ficou sozinha ali por alguns dias, apenas Kalil a acompanhava. Ele tinha um olhar curioso para ela. Sabia que a missão não seria fácil. Com seu olhar de percepção aguçada canina, podia ver a bolha de tristeza à distância. Ela se movia furiosamente sobre a vitrine da loja. Ele rosnava para ela, mostrando autoridade e deixando bem claro que Gynger era mais forte e que tinha ele como um excelente protetor.

As pessoas da cidade passavam pela mesa de trabalho da Gynger e viam as caixinhas como algo comum. Não paravam. Sorriam com carinho, mas não percebiam a grandiosa atitude da menina. Ela tentava conversar e explicar, mas em vão. Vendo a persistência dela, a avó sempre lhe servia um delicioso bolo acompanhado de um suco natural para refazer suas forças. “Força e coragem”, repetia a simpática senhora.

Depois de 3 dias, um senhor amável, com seus cabelos bem branquinhos, barba bem-feita, barriguinha redondinha, chegou sorrindo e queria presentear sua esposa. Gynger pediu ao senhor que detalhasse seu desejo, que ela iria desenhá-lo.

Ele olhou para o pedaço de bolo que estava sobre a mesa e disse que queria uma caixinha cor de rosa, com um bolo da mesma cor desenhado, pois era a cor preferida da esposa. Gynger fez a caixinha mais linda do Universo! O homem ficou satisfeito com o resultado e ficou ali por algumas horas mostrando o seu lindo presente para as pessoas que passavam. Esse foi o início da criação de muitas caixinhas.

O sr. padeiro pediu uma caixinha azul e pediu que ela desenhasse uma grande estrela branca, que deveria ter a aparência de um doce açucarado, pois queria oferecer à esposa o seu desejo de que ela abrisse uma confeitaria. A sra. dona da loja de roupas da cidade pediu uma linda caixinha branca, repleta de notas musicais, pois desejava ver a sobrinha compor a própria canção. A dona do *pet shop* escolheu uma colorida com muitos cãozinhos desenhados, pois deixaria enfeitando sua loja e desejando saúde e bem-estar a todos. Em cada pedido, Gynger solicitava uma mensagem escrita de agradecimento à sra. Dorinha e ao sr. José. Ela pretendia entregá-las dentro de uma caixinha, com um lindo desenho. Quem sabe a "bolha de tristeza" seria derrotada?

O interessante é que, no exato momento em que as pessoas revelavam seus desejos a Gynger, a sra. Dorinha sentia uma imensa sensação de paz em seu coração. Ela olhava para o interior da vitrine da fábrica e imaginava a mais linda decoração Natalina de todos os anos. Que imensa energia de paz. Numa tentativa frustrada, relatou sua breve visão da decoração ao sr. José, que envolto em sua tristeza profunda, a ignorou. Mas havia no coração de Dora algo diferente. Ela podia sentir a verdadeira magia do Natal. Não conseguia explicar tamanha vontade de mudar tudo. Só acreditava ser possível.

E o Natal estava cada vez mais próximo, as lojas mergulhadas em lindas vitrines, as pessoas com muita vontade de um mundo melhor. Apenas a vitrine da fábrica de caixinhas permanecia sombria, com seus donos perdidos em algo que nem eles sabiam exatamente o que era. Gynger sabia que precisaria ser mais forte do que aquela bolha de tristeza. Teve a ideia de levar sua mesa de desenho até a porta da pequena fábrica. Kalil teve até arrepios quando soube dessa ideia, mas iria junto enfrentar tudo. Ele era o guardião das crianças e morderia muitas canelas, se fosse necessário. Ela pediu ajuda à vovó e elas levaram a mesa, caixinhas, pincéis e tintas para a frente da fábrica. Determinada, enfeitou muito mais a sua mesa de trabalho. Os moradores se uniram mais em torno do assunto e fizeram uma verdadeira campanha para ajudar Gynger a desenhar as caixinhas. Turistas vieram para as férias e, comovidos com a atitude da menina, encomendaram muitas caixinhas.

A "bolha de tristeza" ficou furiosa. Ela inchou, ficou densa e começou a atingir as pessoas que chegavam perto de Gynger. De uma hora para a outra, tomados pela tristeza inexplicável, algumas começaram a quebrar as caixinhas. Gynger sabia que era o efeito daquela emoção ruim da bolha. Kalil também podia ver a bolha inchando e debochando dos desejos. Ele tentou até morder a canela da bolha, mas "bolha de tristeza" tem canela? A avó de Gynger, que estava ajudando também, conseguiu ver a bolha dentro dos olhos de algumas pessoas. Não em todas, pois ela não conseguia atingir crianças, animais e avós. Preocupada com tamanha energia ruim, ela foi à confeitaria tradicional da cidade e comprou alguns panetones. Voltou e ofereceu às pessoas pequenos pedaços e relatou que as boas lembranças do Natal, registradas na infância, são energias que impulsionam uma vida adulta feliz. Tudo começou a ficar calmo outra vez e a avó de Gynger também recomendou que todos fossem para casa descansar.

Na pressa em ir para casa, Gynger deixou cair uma caixa pintada com corações. Dentro dela, estavam muitas mensagens emocionantes das pessoas para os donos da fábrica. Dora viu a caixa de sua janela, foi pegá-la e percebeu muitos bilhetes dentro dela. Ficou curiosa e começou a lê-los. Um dizia que o Natal seria maravilhoso e que a felicidade em entregar algo tão expressivo e pessoal como uma "caixinha mágica" contendo declarações de desejos profundos do coração era excepcional. Outro bilhetinho, com letra infantil, continha desenhos de guirlandas, docinhos, luzinhas e agradecia ao casal da fábrica de caixinhas a dedicação em fazer algo tão mágico para o Natal. Tinha um especial, também escrito por alguém que assinava como Noel e que dedicava a alegria dele a todas as pessoas que ajudavam outros a superarem obstáculos. Mas Dora ficou muito emocionada quando leu a mensagem de Gynger! Ela expressava:

Aprendi a reconhecer a verdadeira mensagem do Natal com a sra. Dorinha, pois nas noites suaves de dezembro, sob um céu lindamente estrelado, eu e meus irmãos segurávamos nas mãos de meus avós e compartilhávamos esperança e imaginação olhando para a vitrine dela. E era muito amor o que sentíamos. Obrigada pelas caixinhas mágicas.

A "bolha de tristeza" não resistiu à luz intensa de amor e carinho que vinha da caixinha mágica. Ela inchou, inchou e explodiu. Centenas de lágrimas de muitas pessoas foram liberadas naquele momento especial. Chuva verdadeira de alívio e restauração de vidas tristes. O amor vencia em toda a sua forma criativa de regeneração, usando o Natal como força de um bem maior.

Dorinha se sentiu extremamente bem e refeita e sorriu ao ver o marido chegar cantando, revigorado e querendo reconstruir a fábrica e decorar a vitrine como nos bons tempos.

Gynger chegou à casa da avó assustada e sem esperança. Jantaram e foram dormir todos juntinhos na sala, pertinho da árvore de Natal. Abraçados e unidos como nunca, suspiravam pela carinha de decepção de Gynger.

Na noite seguinte, vovó levou todos para um lanche na cidade. E, que surpresa maravilhosa quando Gynger viu a vitrine da fábrica com uma decoração Natalina fabulosa! Dora e José saíram para a calçada e entregaram a ela uma linda caixinha desenhada com fadinhas coloridas e, na tampa, estava escrito: essa é a caixinha mágica de Gynger, a menina desenhista que transforma tudo em amor e bem-estar.

E foi assim, senhores e senhoras, que o Natal permaneceu açucarado, iluminado e recheado de boas energias para sempre...

Juntando as peças

Por Victor Terra

I – A dor

Há coisas na nossa vida que não entendemos. A história que vou contar agora não é de um Natal com neve, trenó e luzes tal e qual os filmes estadunidenses costumam mostrar. A data comemorativa que vou apresentar é relativa a uma família que está se reestruturando depois de um verdadeiro furacão. O ano era 2021. Considero 2021 como o "ano-furacão". Dona Vanessa perdeu a mãe no dia 14 de junho e Flávio, seu marido, quinze dias depois. Todos vítimas da Covid-19. Ela não sabia direito o que fazer, não sabia lidar com perdas, ainda mais duas tão significativas e tão próximas. 36 anos, com três filhos; Lulu, de 6 anos; Malu, de 4 anos e Luisinho de apenas nove meses. Para ela, todos os dias eram iguais, sem perspectivas. A única coisa que pedia era forças para dar conta de três crianças.

Não sabia como fazer. Lulu, vendo a empolgação de final de ano na televisão perguntou para a mãe:

– Mamãe, a gente vai ter ceia de Natal? Eu quero comer um frango grandão.

– Eu quero um presente do Papai Noel – respondeu Malu.

– Crianças, neste ano, ficaremos em casa, dormiremos cedo, vamos fingir que é um dia normal. A mamãe não está legal. Papai Noel não vai passar em nossa casa como no ano passado. Agora é hora de vocês dormirem.

Levou-as para o quarto, arrumou-as na cama, deu um beijo em cada uma das crianças e as colocou para dormir.

Será que eu consigo ser forte a tal ponto de conseguir tocar a vida? Ao mesmo tempo que pensava, chorava. Como o marido faz falta, como tem sido pesado o fardo, como gostaria de um colo de mãe, como ela queria desabafar. As crianças precisavam ter um Natal, um momento em família, mas como com a família em pedaços? A fé e a esperança foram perdidas. Não havia motivos para a empolgação Natalina. Ela sabia que precisava fazer alguma coisa só para ela e as crianças. Afinal, era Natal e os filhos também estavam fragilizados. De que lugar retiraria forças?

A verdade é que ela estava deprimida. Não suportava assistir aos noticiários. Só falavam de pandemia e Natal, ou seja, dor e alegria. Às vezes, os opostos são torturantes. Vanessa não suportava. Veio em sua mente a entubação de sua mãe, a notícia da morte, quando seu marido testou positivo, a sua internação e o telefonema do hospital pedindo para levar os documentos. Pensou até em fazer uma besteira. Mas com quem ficariam seus filhos? Não poderia, precisava ter fé em alguma coisa. Ah... esse episódio ocorreu no dia 23 de dezembro de 2021.

Crianças dormindo e Luisinho amamentado, foi para a janela e disse ao céu:

– Não acredito mais em Deus, nem em uma força superior. Mas se tiver alguém aí em cima, quero um milagre de Natal. Quero forças para seguir e esperança para dias melhores. Chorava. Queria ter a fé que minha mãe tinha. Ela me falaria agora: “Calma, Deus está no controle”. Eu é que estou descontrolada.

Pegou uma garrafa de vinho e tomou uma taça. Lembrou do Flávio e começou a rir. Recordou-se de como era alegre e de como o marido a fizera feliz nos últimos dez anos de casados. Por pouco, ela o pôde ver dançando; mas era uma miragem. Ouviu "Eu amei te ver", a música do casal, e chorou. Enxugou as lágrimas e foi para o quarto.

II – A VISITA

Vanessa dormiu e naquela noite teve um sonho muito estranho. Sonhara que estava em um parque de diversões quando se sentou em uma montanha-russa. O brinquedo era terrivelmente radical, de modo que ela sentia medo com os giros e rodopios. Sentiu enjoo. Contudo, o tempo passou e ela desceu do brinquedo. Ao sair, muito tonta, encontrou-se com um senhor que parecia o bilheteiro do parque e disse:

– Você está bem?

– Acho que sim. Essa montanha-russa é muito louca. Fiquei nervosa nela.

– Ela tem muitos altos e baixos, além dos mortais e dos giros. É o nosso brinquedo mais empolgante.

– Parece até minha vida.

– Concordo com você. A sua vida não tem sido fácil, colega.

– Como você sabe da minha vida? Quem é você?

– Eu sou o Destino, todos os dias eu coloco as pessoas em brinquedos diferentes no meu parque. Sou o dono deste lugar. Uns estão em dias coloridos nos carrosséis, outros estão no trem-fantasma, vivendo horrores, outros estão fragilizados na montanha-russa, como você.

– Ah... então, você é o culpado da minha vida estar assim?

– Às vezes, não entendemos o propósito. Não compreendemos que as coisas acontecem em nossas vidas e nos deixam mais fortes. Em nenhum momento, é da minha vontade criar situações de perda, mas a vida, infelizmente, é difícil. No mundo, teríamos aflições, momentos difíceis, mas não podemos ficar abatidos. Tenha fé.

– Eu nem sei se consigo acreditar em Deus.

– Mas foi Ele que me mandou aqui. Você pediu um milagre. Hoje você está chorando, mas quero que você saiba que Ele tem cuidado de você. Tem te fortalecido. Você não está sozinha, esse sonho é para te encorajar a seguir em frente, a entender que a esperança e as misericórdias se renovam. Seu marido e sua mãe são pessoas maravilhosas e estarão para sempre no seu coração. A missão deles na terra acabou, mas a sua continua. Você tem uma vida inteira pela frente. Nós não fomos feitos para perder, pois o homem anseia pela eternidade. A montanha-russa foi apenas um símbolo de como sua vida está, porém o tempo da adrenalina acabou. Agora é uma nova vida.

– Eu não sei nem o que dizer...

– Não diga nada. Vamos até aquela tenda?

O parque de diversões era enorme, com inúmeros brinquedos e demasiadamente colorido. Os olhos doíam com tantas luzes e cores. Estava repleto de pessoas. O destino a levou para uma tenda pequena. Era o espaço dos quebra-cabeças. Lá estava uma senhora, daquelas que parecem as avós de filmes infantis. Parecia a dona Benta do Sítio do Pica-Pau Amarelo. Aquelas vovós que temos vontade abraçar e pedir colo.

– Estou aqui tentando montar esse quebra-cabeças, mas não consigo!

O Destino pediu que Vanessa fosse ajudá-la.

– A senhora quer ajuda?

– Você está atrasada!

– A senhora estava me esperando?

– Claro! Temos muitos quebra-cabeças para montar.

– Quem é a senhora?

– Eu sou a Fé! Vamos começar?

Vanessa não sabia o que falar e como proceder. Afinal, o sonho era tão louco e tão diferente. Apenas sentou-se e começou a montar. Não conseguia entender nada, mas acatou o que foi pedido.

O primeiro, tinha poucas peças e era uma imagem da adolescência. Assim que montou, o quadro criou vida e ela começou a ver a imagem do Natal de 2000 como um filme. A Fé disse:

– Olhe como você está feliz aqui. Uma jovem cheia de sonhos e projetos, acabou de conhecer seu marido. Primeiro Natal de vocês namorando. Sonhos, projetos e uma vida pela frente! Você acreditava muito em mim. Tinha certeza de que eu estaria com vocês. Vamos montar mais um?

Uma lágrima desceu do rosto de Vanessa, Flávio era muito importante para ela, era um homem apaixonado pela família e por ela. Não tinha coragem de dizer nada, apenas montou mais um quebra-cabeça. Era o Natal de 2011, o primeiro Natal casados. As imagens começaram a passar, os dois estavam felizes arrumando a casa enquanto a mãe de Vanessa preparava a ceia.

- Esse Natal foi inesquecível para vocês. Passaram por tantas dificuldades para se casar, na construção da casa, com a falta de dinheiro, mas eu nunca estive morta em seu coração. Sempre estive próxima alimentando a alma de vocês. Você nunca me esqueceu. Eu nunca fiquei afastada.

– Você não entende...

– Claro que eu entendo. Você acha que eu surjo em momentos de bonança? As dificuldades me trazem à tona. Acha que quando estamos com todos felizes, prósperos, sem momentos difíceis é fácil me ter por perto? Vamos para o penúltimo?

Ela monta as peças e vai percebendo que é o último Natal. Vê Flávio, as crianças e ela fazendo uma chamada de vídeo para a sua mãe. Por conta da pandemia, cada um passou em sua casa. Estavam gratos, pois estavam vivos em família. Era um momento de alegria e felicidade. Todos com medo, porque Vanessa estava grávida de Luisinho e na expectativa.

– Esse momento foi incrível – Vanessa chora angustiadamente.

A Fé a abraça.

– Filha, você não queria colo? Estou aqui. Coisas boas e ruins acontecem a todos. Sei que é difícil entender, mas há uma vida pela frente e você vai precisar muito de mim para seguir. Vamos para o último?

Elas vão montando e surge uma família diferente. Uma senhora segurando um bebê, nove crianças, seis casais e uma bela árvore de Natal.

– Não conheço essas pessoas.

– Mas você vai conhecer. Será o seu último Natal. Não te direi o ano, pois a ansiedade nasce no tempo estabelecido, na noção de validade, de atraso. Aquele bebê será um dos seus bisnetos. Você vai olhar para trás e vai se orgulhar da mulher forte que foi construída. Uma verdadeira represa, forte, inabalável, capaz de controlar sentimentos e emoções, uma verdadeira mulher de fibra. Mas tudo isso depende de como você vai juntar cada peça nos natais que virão. Não se esqueça de que você é a dona do teu quebra-cabeça que, ano a ano, você vai montar. Você não pediu um milagre? Este sonho é para falar diretamente para você. Seja forte e corajosa. Estou com você por onde for. Só não deixe de acreditar. E a fé é para a noite de Natal, é para 365 dias do ano. Sua mãe e Flávio estão bem, em um lugar sem dor, sem sofrimento, sem tristeza... assim como o Natal é o nascimento de Cristo, eu preciso renascer na sua vida e estou aqui para te dar esperança. Você tem filhos maravilhosos, que só trarão orgulho. Renovada?

– Acho que sim – enxugando as lágrimas.

– Agora, vá viver o melhor Natal da sua vida. Você tem três filhos para alegrar e uma ceia para produzir.

Dá um abraço. Vanessa se sente confortável agradece e sai. Lá fora, o Destino a esperava.

– Eu te trouxe aqui, agora eu te levarei. Sente-se nesse cavalinho.

Era um carrossel. Vanessa se sentou e começou a rodar bem devagar. Repentinamente, os cavalos começaram a girar mais forte e ela despertou assustada. Era Luisinho chorando, era o dia começando, era véspera de Natal.

III – O Natal

Acordou feliz, como há meses são se encontrava. Deu café da manhã às crianças e as arrumou para irem ao mercado com ela. Comprou algumas coisas para a ceia, passou em uma loja, comprou presentes. Foi ao quartinho da bagunça e pegou todos os enfeites de Natal, arrumou a casa e preparou uma linda mesa.

À noite, vestiu-se de Papai Noel e fez a alegria da criançada!

Na hora da ceia, disse aos filhos:

– Mamãe estava muito triste, mas agora a gente precisa ficar juntos para vivermos anos e natais inesquecíveis. A vovó e o papai sempre estarão conosco e eu quero que saibam que mamãe vai estar aqui. A nossa vida é um parque de diversões, em que, a cada momento, estamos em um brinquedo diferente, uns dias mais radicais, outros felizes e uns desesperadores; mas se estivermos juntos, passaremos por todos com Fé e esperança. Eu amo vocês...

– Ah... Vamos comer logo! – disse Malu.

Ano a ano, nossos momentos foram marcantes, mamãe sempre lembrou do Natal. Todos os anos, ela contava do sonho, da força, do Destino e da Fé. Cada momento ao lado dela tornou-se em minha memória um quebra-cabeças maravilhoso de história que vivi ao lado dessa mulher tão corajosa e incrível que pude chamar de mãe. Ah... já havia esquecido. A narradora é a Lulu, no ano de 2070, nosso primeiro Natal sem a mamãe, mas com o resto da família juntos, pois deixou um legado de união, amor e alegria, ou seja, a essência do Natal.

Uma gota de amor

Por Jacqueline Quinhões da Luz

Beto é um menino muito diferente. Ele pensa diferente, age diferente e sente tudo diferente e isso faz dele um menino... diferente. Toda vez que lhe é perguntado sobre o que vai ser quando crescer:

— Serei Papai Noel!

Essa era a resposta de Beto e muitas vezes a reação das pessoas lhe deixava triste. Muitos riam ou até fazem piadas. Seus pais simplesmente deixavam o filho ser como queria ser... diferente. Essa forma de ver a vida não os preocupava, apenas aceitavam o filho exatamente como ele era. Acreditavam que na medida em que fosse crescendo mudaria de ideia e então encontraria sua verdadeira vocação, afinal, ainda tinha muito tempo pela frente para decidir.

Beto adorava a época do Natal, tanto que procurava estendê-la ao resto do ano. Por ele, a árvore e toda decoração permaneceria na casa o ano inteiro, era sempre muito triste quando sua mãe começava a recolher tudo para guardar nas caixas. Esperar um ano inteiro para viver tudo aquilo lhe deixava triste, então Beto ia sempre à busca de filmes ou livros cujo cenário fosse o Natal para assistir ou ler, isso o fazia sentir toda a alegria presente na época do Natal. Quando o fazia à noite, antes de dormir, era certo que seus sonhos seriam embalados pelo clima Natalino e todos já sabiam, pois, ao acordar, Beto, antes do tradicional bom dia, sempre vinha com um sonoro HOHOHO.

Para as outras crianças, Beto era visto como o esquisito, um sonhador, não gostava das mesmas brincadeiras ou jogos, estava sempre com um livro nas mãos cujo tema era na maioria das vezes o mesmo. Para muitas delas Papai Noel não existia mais ou nunca existiu e o Natal era apenas a época de ganhar presentes, mas para Beto o Natal era mais do que isso e Papai Noel era real e acreditava na possibilidade de se tornar um quando fosse adulto.

Certo dia, quando estava indo comprar pão, Beto observou no caminho uma senhorinha moradora de rua que havia se instalado na parede ao lado da padaria. Ali se acomodou com seus poucos pertences, fazendo daquele espaço seu lar. Usava guarda-chuvas para proteger-se do vento frio e chuva, embora a maioria estivesse bastante quebrado, sobrepunha vários para conseguir abrigar-se. Aquela cena chamou-lhe atenção. Beto não conseguiu deixar de pensar que aquela senhorinha estava ali, sozinha, morando nas ruas, pelo seu estado devia estar há muito tempo vivendo nessas condições. Qual seria a história de sua vida? O que teria acontecido que a fez morar nas ruas? Já teria vivido um Natal em família? E Beto seguiu, comprou os pães, estavam quentinhos. Na volta, sentindo o calor do pacote em suas mãos, olhou novamente aquela cena, parou e, sem muito pensar, cumprimentou a senhorinha e perguntou-lhe se queria um pãozinho quentinho. Sem nada falar, ela apenas acenou com a cabeça e ele então estendeu sua mão com o pãozinho e viu mãos muito magras e bastante enrugadas saírem debaixo dos guarda-chuvas e pegarem rapidamente o pão. As mãos eram tudo o que se podia ver daquela velhinha e em uma delas notou um sinal, uma manchinha no formato de uma gota. Ela estava toda coberta como se estivesse escondida do mundo. Beto voltou para casa pensativo naquele dia. Quantas pessoas viviam naquelas condições, lembrou-se de todos os filmes de Natal que assistia. Ali não havia lareiras, decorações Natalinas e muito menos o tradicional peru delicioso... não tinha um lar, uma família para compartilhar. De repente, Beto sentiu um aperto em seu coração. Chegou calado, sua mãe estranhou. Naquela noite quase não comeu e pela primeira vez não falou em Natal durante o jantar. Foi dormir cedo sem assistir ou ler algum livro sobre o tema.

No dia seguinte, Beto preparou seu lanche para a escola e fez dois sanduíches. A mãe achou que, por ter jantado pouco, provavelmente estivesse com fome, mas ele tinha uma intenção, passaria ao lado da padaria antes da escola e deixaria um dos lanches para a tal senhorinha e assim o fez. E nos dias seguintes também e toda vez que ia comprar pão sempre voltava com um ou dois a menos. A mãe começou a ficar desconfiada, o menino estava diferente... mais diferente do que o que costumavam achar, na verdade para ela. Agora sim ele estava de fato diferente. Nem parecia mais o Beto seu menino sonhador.

Na volta da escola, após o almoço, a mãe avisou Beto de que passaria na TV um filme de Natal e o convidou para assistir. Não foi como das outras vezes. Faltou aquele entusiasmo e o brilho que o menino sempre sentia. Notou-o distraído, pensativo. Perguntou se tinha acontecido algo, mas ele não quis falar, então fez a pergunta que sempre fazia após assistirem um filme Natalino juntos, cuja resposta sempre era a mesma:

— Filho, o que você quer ser quando crescer?

Para surpresa da mãe, daquela vez não obteve resposta. Apenas o silêncio e um ar preocupado do menino. Aquilo confirmou que algo realmente tinha acontecido. Ela estava disposta a descobrir e ter seu menino alegre e sonhador de volta.

No dia seguinte, o menino caprichou novamente na quantidade do lanche, a mãe esperou que saísse e foi atrás. Para sua surpresa, ela o viu dar um dos lanches para a senhorinha. Aquilo mexeu muito com seu coração, mas ao mesmo tempo teve certeza de que ele não havia mudado: continuava sendo seu menino sonhador, apenas estava inquieto com algo que ainda não sabia lidar. À tarde, pediu a ele que buscasse pão e o menino, como sempre, apressou-se a ir.

Quando Beto se aproximava do local onde a tal senhorinha dos guarda-chuvas ficava, notou que ela não estava mais ali. Olhou para todos os lados, foi até a outra esquina, mas nem sinal dela. Então, resolveu perguntar ao dono da padaria, que explicou a ele. Uma moradora havia ligado para a Prefeitura da cidade pedindo que a recolhessem, pois o espaço estava ficando muito ocupado pelos guarda-chuvas, que aumentavam cada dia mais. Não haviam pedido que a recolhessem por ser uma senhorinha vivendo ao relento, mas por ocupar o espaço, por deixar aquele lugar mais feio. Tinham tirado dali o que lhes incomodava ver, embora quando passavam perto era como se ela não existisse, pois nem um olhar era direcionado a ela, nunca tentaram conversar e saber sua história, se tinha algum parente a quem recorrer. Beto sentiu-se muito triste e voltou para casa aquele dia ainda mais pensativo e sem os pães. Logo que chegou, sua mãe quis saber o que tinha acontecido e então acabou lhe falando sobre como estava se sentindo. Ela o entendia, mas, naquele momento, nada podia ser feito.

No dia seguinte, enquanto Beto foi à escola, a mãe resolveu investigar o que tinha de fato acontecido. Foi à padaria e conversou com o dono, ficou sabendo quem era a moradora que tinha ligado na Prefeitura: era a dona de uma casa linda da esquina, uma senhora muito fina que quase não falava com ninguém. Perguntou se ele tinha visto para qual abrigo fora levada a senhorinha e conseguiu o número. Em casa, ligou e ficou sabendo que ela não tinha ficado no abrigo, a assistente social tinha conseguido localizar uma família que estava um tempo atrás em busca de uma senhora que saiu para passear e por sofrer por ausência de memória não conseguiu voltar para casa e, para sua surpresa, era a senhorinha dos guarda-chuvas. A família era de muitas posses, de uma cidade distante, estavam procurando por ela, mas sem resultado. Graças a um anúncio visto numa rede social, a assistente social achou a foto muito parecida com a senhorinha recolhida na rua. A mãe não via a hora de contar a Beto tudo que tinha descoberto. Acreditava que agora seu menino voltaria a ter nos olhos o brilho de antes e quem sabe os mesmos sonhos.

Tão logo ele chegou, a mãe relatou suas descobertas e, para sua decepção, apesar de Beto ter ficado aliviado por saber que a senhorinha estava segura e com sua família, parecia ainda mais triste e pensativo. A mãe, vendo sua reação, perguntou como ele estava se sentindo.

— Mãe eu fico aliviado em saber que ela está bem, mas a forma como tudo aconteceu me deixou triste demais. O jeito como as pessoas tratam quem está nas ruas é muito...

— Desumano, filho? É essa a palavra que você procura?

— Sim, mãe. Tiraram-na dali por ocupar o espaço e com suas coisas amontoadas o deixar feio, mal-cheiroso e não por estarem preocupados com ela. Essas pessoas são como invisíveis, ninguém lhes cumprimenta, agem como se todos fossem dependentes de algum vício ou desocupados, os julgam sem conhecer sua história.

— Por isso meu filho você deixou de gostar do Natal?

— Não deixei de gostar do Natal mãe, mas acho que seu verdadeiro sentido mudou para mim. Eu ainda desejo que dure o ano inteiro, mas não as decorações, pois elas são apenas um complemento ao que deve realmente existir.

— E o que deve existir meu filho?

— Amor, mãe. O espírito de Natal é o amor, a partilha e deve acontecer o ano todo, mas não é de presentes que eu falo, mas de sentimentos, de cuidado, de carinho com todos, entre todos.

A mãe, muito emocionada com o que ouvia de seu filho, notou o quanto ele crescera e o quanto aquilo tudo tinha mexido não apenas com ele, mas com ela também. Disse-lhe que juntos iam encontrar uma forma de ajudar quem necessitasse, ia conversar com a assistente social do abrigo com o qual teve contato e encontraria alguma maneira de ajudar e assim o fez. Começaram timidamente, ajudando um lar de idosos, aos poucos envolvendo a família na campanha, os vizinhos, os moradores do bairro, a escola e, em pouco tempo, sem perceberem, já recebiam doações de todas as partes, pois usavam as redes sociais para arrecadarem. Já não era apenas um lar de idosos, mas orfanatos, abrigos e moradores de rua. Beto tinha voltado a sorrir, seu olhar já tinha novamente o brilho de antes.

Naquele ano, o Natal seria diferente: fariam uma grande campanha com doações de presentes aos mais carentes. Tinham recebido doações de uma fábrica e algo chamou atenção de Beto nas caixas que receberam: todas tinham o desenho de um guarda-chuva e isso o fez lembrar-se de como tudo aquilo começara. Lembrou-se da senhorinha dos guarda-chuvas. Sua mãe falou que as doações eram de uma fábrica de guarda-chuvas chamada “Gotas de felicidade” cujo contato foi intermediado pela assistente do abrigo que também estava engajada na campanha de Beto.

Na escola, Beto não era mais visto como o esquisito. Era admirado e muito requisitado. Todos queriam de alguma forma ser seu amigo e participar do que ele e sua família organizavam. Beto era motivo de orgulho de todos os que o conheciam, principalmente de sua família.

Já estavam na semana em que fariam a festa de Natal e sua vó chegara do interior para ajudar e trouxe uma caixa de presente para Beto.

— Essa é sua, Beto. É para você meu netinho.

— Mas, vó... ainda não é a noite de Natal.

— Mas quero que você abra antes.

Beto, atendendo ao pedido da avó, abriu a caixa e, para sua surpresa, dentro havia uma linda roupa de Papai Noel e do seu tamanho.

— Neste ano, meu neto, você será nosso Papai Noel. Não vai precisar esperar crescer para ser um. Você deu início a um gesto muito lindo e conseguiu mobilizar a todos em sua campanha que hoje ajuda tantas pessoas e não apenas no Natal, mas ao longo do ano. Não conheço ninguém que mereça mais vestir essa roupa nessa festa.

Beto, profundamente emocionado, abraçou sua avó apertado. Ela realmente era muito especial e sabia como fazê-lo feliz. No dia da festa, que aconteceu no salão da padaria, onde seriam distribuídos pãezinhos quentinhos também, Beto estava todo faceiro distribuindo junto com sua família e amigos quando já no final da fila aproximou-se uma senhora. Virou-se para pegar o pãozinho e quando olhou para a mão que recebia, viu a manchinha na forma de gota. Olhou rapidamente para o rosto daquela senhora e viu que ali diante dele estava a senhorinha dos guarda-chuvas, a mesma que, sem nunca nada lhe dizer, tinha lhe ensinado tanto, tinha mexido tanto com seus sentimentos, levando-o a viver tudo aquilo. Sem dizer uma única palavra, Beto a abraçou. Emocionados diante de todos, puderam então conversar. Dona Sued contou-lhe que sofria de uma doença que lhe fazia por vezes esquecer-se de quase tudo e, em uma saída, acabou se perdendo. Não sabia por que pegava todos os guarda-chuvas que ela encontrava, mas eles lhe faziam sentir-se segura. Ela e seu marido tinham montado uma pequena fábrica de guarda-chuvas que aos poucos os tornou bem-sucedidos e hoje, viúva e devido à sua doença, quem estava no comando da empresa eram seus filhos. A assistente social havia entrado em contato com eles relatando como Beto a tinha conhecido e tudo que estava fazendo desde então e resolveram ajudar com as doações e a trazendo para que pudesse agradecer pessoalmente. Ela lembrou-se do calor do pão recebido de Beto e do amor que seu olhar lhe transmitia, diferente dos olhares de reprovação ou muitas vezes de julgamento que costumava receber.

Beto estava muito feliz. Aquele era um Natal perfeito. A sua campanha tinha ensinado a todos os envolvidos o verdadeiro sentido do Natal e, mais do que isso, naquele momento, estavam aprendendo que não se deve julgar, que é preciso ter um olhar mais amoroso com todos, estenderem as mãos seja com um pão quentinho ou simplesmente para um cumprimento, mas nunca ignorar quem necessita de auxílio. Por trás de um rosto sofrido há sempre uma história.

Beto realizou não apenas o sonho de muitas pessoas que nunca tinham vivido um Natal como aquele, mas o seu também. Ele tinha sido Papai Noel antes mesmo de crescer, mostrou que, para quem acredita, ele pode ser real. Aquele ano ele distribuiu presentes e o maior de todos foi ter compartilhado seu sonho e mostrar que o amor pode estar escondido por trás de uma gota e que, com a união, podem se tornar gotas de felicidade.

Reflexões de uma menina no Natal

Por Milla Domingos

O dia amanheceu lindo, vivo e muito iluminado. A casa estava tomada pela típica decoração de Natal, a árvore Natalina mal podia respirar com tantos enfeites agarrados em seus galhos, seu caule robusto demonstrava força e felicidade a cada bola de Natal que recebia, sua base estava eufórica com o montante de presentes ali deixados pela família com muito amor e carinho, até mesmo os ausentes do ano todo, inseguros se iriam agradar ou não a quem iria presentear, pois, devido à sua ausência e sua falta de interesse o ano todo, não conhecia as profundezas e até mesmo a superficialidade do familiar que iria presentear, mesmo assim, deixaram seus pacotes. Sophie os observava atenta, e questionou.

– Mas a quem eles querem enganar?

Falava isso enquanto colocava suas jovens mãos na cintura e revirava os olhos.

Ela é uma menina de 12 anos que adora observar os mais velhos, tímida e reclusa em seu próprio mundo. Ela pensa e age melhor conversando com sua solidão, é do tipo de pessoa que não gosta de se expor, mas reage na hora certa, muito inteligente e astuta, só fala oportunamente e não se revela à toa, sabe se posicionar em qualquer situação. Experiência adquirida ao longo dos seus poucos anos de espiã dos mais velhos e das boas leituras que faz.

Já era meio-dia. Sophie se preparava para ir à casa dos seus avós maternos. Em dezembro, é regra toda a família Domingos se reunir para celebrarem o Natal juntos. Ela queria chegar primeiro para ver todos chegando. Os pontuais chegaram no horário marcado. Ela observou que alguns vestiam lindas roupas verdes. Logo, ela falou:

– Devem estar em busca de mais esperanças e vitalidade para o próximo ano, pois estão revelando que o ano vigente não foi tão próspero. Outros vestem vermelho, demonstrando o amor incondicional que sentem pelos filhos; talvez sejam os únicos que conhecem de fato o real sentido do Natal: o nascimento do menino Jesus, o nascimento do amor puro. O branco é geralmente escolhido para as crianças usarem, pois representa a pureza e a inocência. O dourado fica por conta da decoração da mesa para ceia, como um pedido de fartura e mesa cheia para o ano que virá. Nesse ponto, o Natal se torna tão previsível... – revelou Sophie, enquanto balançava a cabeça.

Todos os anos, Sophie se via questionando em como o Natal é misterioso no quesito sentimento e reações das pessoas. Para ela, o Natal tem um mistério silencioso, calmo e invisível que transforma a todos. Não sabemos, ao certo, de onde vêm todos esses bons sentimentos e os bons gestos, já que muitos passam o ano todo adormecidos e esquecidos, talvez seja pela correria do dia a dia, e esquecemos de como é importante mantermos e praticarmos essa bondade e gentileza por todos os dias.

Assim, ela se pergunta: "Por que tais sentimentos ficam tão evidentes no Natal? O que os motiva?"

E reitera falando:

– É como se toda essa compaixão que ficaram adormecidos durante os onze meses do ano aflorassem, expondo-se com a brisa do Natal chegando. É como se despertasse um Papai Noel em cada pessoa, tornando o sentimento de ajudar mais forte e urgente. A saudade se torna mais intensa e o coração apertado grita por uma gota de carinho e gesto que a faça desaparecer. A consciência dos sumidos o ano todo, carregada de angústia e peso, cobra por alívio, então corre para o seio de sua família, e é assim todos os anos: eles se arrependem e falam que vão dar mais atenção e carinho aos pais, irmãos, sobrinhos... mas todos os anos se colocam na mesma situação, de ausentes vítimas da falta de tempo. Ao chegar a essa conclusão, Sophie se pergunta: "Será que festejamos o Natal pelos outros, para ajudá-los? Ou fazemos isso por nós, para nos acalentar a alma pesada por termos negligenciado a atenção com nossos entes querido o ano todo?".

Questionou Sophie ainda mais: "será que eles não veem isso? Será que meus devaneios são tão tolos assim? Vejo tudo tão óbvio."

Enquanto observa seus familiares juntos, conversando e sorrindo sem moderação, ela segue pensativa: "Estão tão felizes, se perdoaram tão fácil... será essa a magia do Natal?".

Como uma tentativa de sanar suas dúvidas, ela começou a tecer suas hipóteses sobre tais sentimentos.

– Acho que devemos ter herdado a generosidade e compaixão de Belchior, Gaspar e Baltazar ou teríamos herdado toda essa compaixão e grandeza do Deus Sol? Não sei, nunca chego a uma resposta. Todos os anos, é a mesma coisa, não consigo definir sua origem, se vem dos Reis Magos ou do deus pagão. Talvez seja uma junção dos dois, sei lá... – falou Sophie torcendo os lábios. Continuou:

– Os pratos típicos são bem fáceis de saber sua origem. Li em algum lugar que o peru foi adicionado à ceia pelos norte-americanos, o panetone pelos italianos, os brasileiros acrescentaram o arroz, farofa, saladas tropicais, o salpicão..., mas a magia do Natal não está na ceia literalmente, ela está no mistério que forma o laço que une toda a família para cear, e certamente vem de sentimentos nutridos pelo amor, pela saudade, pelo carinho..., mas o amor é nutrido pela constância dos gestos no dia a dia, então como há amor entre os ausentes? Como a invisível linha do laço afetivo se mantém? – questionou Sophie, e respondeu a si mesma:

– Talvez seja esse o mistério do Natal. Isso é muito poético. Como não amar esta data? Então ela abre um lindo sorriso.

A mãe de Sophie, sábia e atenta, como sempre, percebe a inquietação da filha e ouve os questionamentos da criança. Ao ouvir, ela responde:

– Não precisamos entender. Só precisamos sentir e isso basta!

Sophie não se contenta, ela queria, por fim das forças, entender mais uma coisa sobre aquela data. Então continuou:

– Mamãe, os romanos disseram que no Natal o deus Sol nos traz a renovação. Afinal, era com esse propósito que eles trocavam os presentes nesta data, porém, me parece que esse valor não está mais em uso. Os presentes estão sendo usados como algo sem significado, não são mais escolhidos para o presenteado, pensados nele, se aqueles objetos terão valor para ele, e sim para amenizar o peso da consciência daquele que vai presentear.

Esse escolhe qualquer coisa em uma loja qualquer, sem pesar o significado daquele ato. Com isso, ao entregar o presente, é o mesmo que dizer "essa é a prova de que me lembrei de você hoje, mas vou te esquecer o resto do ano". Por exemplo, quem me conhece mesmo, me daria livros em vez de bonecas, te dariam batons em vez de panelas, e dariam charutos ao vovô em vez de meias. Ainda tem aqueles que acham que presentes caros vão suprir sua ausência. Que mesquinhez e futilidade da parte deles!

Deve ser por isso, que algumas pessoas dizem que o Natal foi transformado em *marketing* comercial, para aumentar as vendas do comércio. Recuso-me a acreditar nisso, mamãe. Como algo que nos comove tanto pode ser tão comerciável? Seria muito vazio pensar assim? Pode haver pessoas que pensem dessa forma e usem um pouco essa data para tal fim, mas isso não anula a magia que nos invade e nos transforma em seres humanos melhores, mais empáticos.

Eu sei que, muitas vezes, materializamos nosso amor por alguém em um presente, um buquê de rosas, ou demonstramos todo nosso carinho e prazer ao doar uma quantia em dinheiro a um orfanato ou um lar para idosos, mais com intenção de ajudar e fazê-los se sentirem espaciais mesmo que seja por poucas horas ou poucos dias. Fazemos isso movidos pelo afeto, e afeto não pode ser nutrido por algo comerciável, vazio de emoções. Tem de haver sentimento, empenho e dedicação em fazer o outro se sentir visto, entendido e feliz. Assim, seria uma maneira de dizer "eu te amo" sem precisar externar tais palavras. Isso não se encontra em um supermercado.

A mãe Sophie a ouvia com atenção e cheia de orgulho por a filha pensar de forma tão sábia, mesmo em meio a tanta imaturidade esperada para sua idade, e ela era sensível com os sentimentos das pessoas.

– É intrigante, mamãe, ver como as pessoas se sentem bem praticando a solidariedade nessa época, ajudando um morador de rua, um familiar que esteja precisando, presenteando crianças desconhecidas. Como a vovó costuma fazer, distribuindo cestas básicas. É como se esse ato as renovasse e, com essa dose de renovação, recarregassem as energias, mas não sei ao certo por que elas buscam esse saldo, se não o usam ao longo do ano. Será que é para passar todo o ano posterior sem mover um dedo de solidariedade e, assim, fazer algo grandioso em uma única data para compensar o que não faz durante todo o ano, repetindo a mesma coisa no Natal seguinte? Isso é muito triste, mamãe. Como se precisassem de nós só no Natal. Isso me parece compensação de consciência. Precisamos um do outro o tempo todo.

O ideal seria estendermos a magia de solidariedade do Natal por todo o ano, se tais sentimentos nos fazem bem. Consigo até imaginar como seríamos mais leves, felizes se tal magia permanecesse pelos longos dias do ano. Acredito que, quando praticamos boas atitudes, brotam em nós sentimentos bons e eles transbordam boas ações, bons pensamentos e boas energias. Ajudar as pessoas nos traz a mesma sensação do perdão, é uma cura mútua. Mas, se isso nos faz seres humanos melhores, então por que só o fazemos no fim do ano? Isso é muito estranho e sem lógica, é um mistério vazio que nutrimos a cada ano. Será que somos hipócritas? – questionou Sophie mais uma vez. Em seguida, sentou-se à mesa para cear com a família.

Ela é uma menina muito generosa e tem uma sabedoria nata. Sua visão ultrapassa o véu das aparências e, por isso, era uma menina inquieta por dentro, mas essa inquietude lhe traz muita sabedoria.

Para sempre e mais um dia

Por Adriana Florio Cairo

O sol acabava de nascer. O laranja do céu lambia as águas do Tapajós, transformando todo o resto em sombras. O silêncio do local, quebrado apenas pelo motor da lancha, remetia à reflexão e ao desejo de agradecer. E era o que Marcelo fazia naquele momento: agradecia por poder presenciar tamanha beleza. Aproveitava para respirar fundo, tentando impregnar a alma daquela cena para nunca mais esquecê-la.

Há menos de dois meses, jamais imaginaria viver algo parecido. Separado há muitos anos e com a única filha recém-casada, seria a primeira vez que passaria o Natal sozinho. Já estava resignado com a ideia e, começando a sentir muita pena de si mesmo, quando ouviu o relato de uma amiga, também médica: Fabíola havia descrito a emoção de participar como voluntária no Barco Hospital Papa São João Paulo II, que atendia a população ribeirinha do Pará. Foi então que decidiu: passaria o Natal trabalhando no Barco Hospital, vivendo o verdadeiro amor cristão.

De longe, emocionou-se ao avistar a imponente embarcação vermelha e branca onde passaria dias de completa doação. E foi com emoção que subiu a rampa do barco: luzinhas coloridas enfeitavam o convés, onde se lia a frase “Paz e Bem”. Ao lado, um grande Papai Noel inflável lembrava a todos que o Natal se avizinhava. Uma suave música Natalina invadia o ambiente. Seus olhos se encheram de água enquanto ele era recebido pelos tripulantes mais antigos. Era 22 de dezembro. Ele já começava a achar que sete dias seriam muito pouco para ficar.

Como anestesista, Marcelo ficou praticamente enclausurado no centro cirúrgico naquele primeiro dia, saindo apenas à noite para descansar na praia e conversar com os outros médicos, a maioria bem mais jovem que ele. Havia, também, três dentistas. Todos eles, em maior ou menor grau, relatavam emocionados os problemas dos pacientes que haviam atendido durante o dia, sentindo-se impotentes para resolver tudo numa única semana. A vontade de ajudar efetivamente era o que permeava aquelas almas todas. Foi difícil dormir aquela primeira noite.

Foi enquanto tomava café, na manhã seguinte, que a viu. Ele simplesmente não conseguia acreditar. Quanto tempo fazia, uns 30 anos? O coração, agora batendo na boca, impedia o cérebro de formular qualquer raciocínio inteligente. Os olhos dela, dispersos a princípio, estacionaram nos dele. Ela caminhou em sua direção.

– Meu Deus! Você por aqui!

– Como você está, Luciana? Pois é, depois de tanto tempo, vamos nos encontrar aqui! Tudo bem contigo?

– Sim. Você também parece muito bem.

– Tô sim. Menos do que parece, mas tô. Tenho uma cirurgia agora. Nos encontramos mais tarde?

– Sim, claro. Foi um prazer te ver.

– Prazer todo meu.

O caminho até o centro cirúrgico parecia irreal. Tudo parecia estar longe. Meu Deus, aquele encontro tinha batido no fundo do aquário dos sentimentos, revolvido tudo lá embaixo e trazido à tona todo o amor que um dia havia existido.

Era 1989, quando Marcelo finalmente conseguiu realizar seu sonho de entrar na faculdade de Medicina. Os pais, embora cultos, eram assalariados, e só conseguiram mantê-lo numa faculdade paga, num outro estado, fazendo empréstimos bancários.

Ele e Luciana conheceram-se logo no primeiro dia; tiveram que ficar no mesmo semáforo pedindo dinheiro para o trote. Ambos estavam radiantes! Foram muitas festas perdidas, muitas noites sem dormir, muita entrega e renúncia. O trote simbolizava a vitória da dedicação sobre o comodismo e a descrença.

Depois daquele dia, sempre procuravam se sentar próximos na sala de aula. Com a desculpa de estar tendo dificuldades em Fisiologia, ele propôs a ela que estudassem juntos num sábado. E, então, nasceu o desejo cada vez maior de estarem juntos. Quando viram, estavam namorando.

Luciana era uma menina muito ativa e cheia de vida; Marcelo era um cara cheio de sonhos e ideais. Como ambos estavam muito longe de casa – ele era de Minas e ela de Santa Catarina, estudando numa faculdade no interior de São Paulo

– acabavam por ficar juntos também nos fins de semana, dividindo lanches baratos e a saudade da família. Os dois foram fundamentais na vida um do outro, para aguentar a barra dos primeiros anos da faculdade. Luciana tinha um jeito mais prático; Marcelo, por sua vez, era todo apaixonado. As meninas viviam dizendo à Luciana que o sonho delas era ter um namorado como ele.

Num final de semana de dezembro, eles foram ao cinema comemorar o fim do primeiro ano sem disciplinas pendentes. Estava passando *Harry e Sally, feitos um para o outro*. Os dois acabaram adotando uma música do filme, *Our love is here to stay*, como a música do casal. "Nosso amor está aqui para ficar. Não por um ano, mas para sempre e um dia." *Not for a year, but ever and a day* – era o que um dizia ao outro toda vez que se despediam. E passaram a se chamar de Harry e Sally, naquela brincadeira tão característica dos casais apaixonados.

No início do terceiro ano de faculdade, no entanto, os pais de Marcelo já não conseguiam mantê-lo. Além de ter que trancar a faculdade, ele teria que voltar para casa, separando-se de Luciana. Os dois ficaram arrasados. Ele prometeu a ela que conseguiria um Crédito Educativo para voltar.

A vida não poderia ter sido mais cruel com ele, que teve seu sonho interrompido e seu namoro desfeito assim, num sopro. Depois de seis meses, finalmente conseguiu que o Crédito saísse. Mas para uma faculdade do Mato Grosso, a única em que tudo se arranjou. Muitos telefonemas depois, ele e Luciana decidiram que não teria sentido ficar mantendo um namoro em que não conseguiriam se encontrar.

Os dois foram levando a vida. Mas ambos tinham uma dor com aquele rompimento difícil de superar. Ele mergulhou numa fossa monumental; ela mergulhou nos estudos e acabou, quatro anos depois, casando-se com um outro rapaz da faculdade. Tiveram dois filhos, agora já adultos.

Para ele, as coisas foram um pouco mais complicadas. Durante a faculdade, ele pulou de um relacionamento a outro, sem conseguir se ligar profundamente a ninguém. Já formado, conheceu uma garota dez anos mais jovem que ele e a engravidou. Acabaram se casando, mas a pouca maturidade dela, aliada ao pouco envolvimento dele, acabaram por colocar fim ao casamento alguns anos depois. A ex-mulher quis deixar a guarda da menina para ele, o que foi um bálsamo, já que ele era completamente apaixonado pela filhinha.

Quando comprou um PC, a primeira coisa que Marcelo fez foi procurar por Luciana nas redes sociais. E a encontrou: ela aparecia feliz em várias fotos, ao lado daquele colega de classe deles, e mais dois meninos. Foi doloroso, muito doloroso. Ele jurou não pensar mais nela. Mas, de tempos em tempos, acabava por procurá-la novamente. O casamento se mantinha, feliz, pelo jeito, e os filhos cresciam. Era o que as fotos diziam. Ele continuava a ouvir *Our love is here to stay*. E chorava de saudade de sua Sally.

À noite, depois do trabalho, ele foi novamente para a praia. Havia, naquela noite, dois cantores locais se apresentando. Ele chegou lá na esperança de ver Luciana. Ela não estava. Pela cerimônia com que o tratara, talvez guardasse mágoa do passado. Ou então, pior, talvez estivesse com medo de dar falsas esperanças a ele, casada e feliz que era.

Meia hora depois, ele se preparava para se recolher quando ela chegou, mais linda que nunca. Trazia, de longe, um sorriso doce nos lábios. Usava um vestido longo branco, estampado com flores, e os cabelos soltos e negros. Quando se sentou, ele sentiu uma alegria de menino. Então, ela contou tudo: falou dos filhos já adultos, da vida tranquila e simples que levava e da viuvez há quatro anos. Uma emoção inexplicável tomou conta dele: ela estava livre! Um leve sentimento de culpa perpassou seu espírito, mas foi logo suplantado pela esperança. Eles conversaram muito, riram muito, foram jovens de novo.

No dia seguinte, estavam ambos tomando café e conversando como se nunca tivessem se separado. Ele foi para o centro cirúrgico, ela voltou a atender as mulheres. Era 24 de dezembro, véspera de Natal, mas alguns atendimentos eram urgentes e prosseguiam. Naquele dia, encerraram o trabalho às cinco horas da tarde.

No começo da noite, encontraram-se na praia novamente. Desta vez, escolheram um lugar mais reservado, sentando-se na areia como dois adolescentes. O ar estava morno; o luar caía branco sobre o rio, iluminando a água e os rostos. Os dois conversavam sobre o Natal – ambos eram apaixonados pela data. Marcelo falava da saudade da filha, de quem era a primeira vez que ficava longe. A menina estava em lua de mel no Rio. Luciana contou que os filhos não se importavam muito em passar a data juntos. Um deles, casado, passava na casa dos sogros. O outro costumava viajar com amigos. Falaram de hospital, consultório, secretárias e outras miudezas.

Marcelo passou a noite toda querendo dizer o quanto ela estava linda, o quanto estava feliz por saber que ela estava sozinha, mas ela não parava de falar, e a oportunidade parecia nunca chegar. Foi num momento, entre uma frase e outra, que um silêncio se instalou. Eles ficaram se olhando como se dissessem com os olhos tudo o que da alma transbordava. Então, ela disse: “Harry. Lembra? Para sempre e mais um dia.” Marcelo, bastante emocionado, disse: “Eu jamais esqueci!” Ele foi se aproximando e encostou seus lábios nos dela, com amor e delicadeza. O beijo foi crescendo, junto com as lembranças que aqueles corações haviam guardado por tantos anos. Sentiram-se um só novamente; não havia mais nada no mundo.

Ainda estavam com os corações aos pulos, mãos trêmulas, lágrimas nos olhos, quando ouviram uma gritaria: uma mãe desesperada chegou com a filha grávida convulsionando. A menina, de apenas treze anos, estava na 35ª semana de gestação. Marcelo carregou a garota para dentro. Luciana mediu a pressão – altíssima – um provável caso de eclampsia. O parto teria que ser feito com urgência.

Levaram-na para o centro cirúrgico. A vida da mãe e do bebê estavam por um fio. Ele foi conversando docemente com ela, procurando dizer coisas que a acalmassem. Era uma menina apenas, e chorava assustada. Ele a anestesiou e ela logo dormiu. O trabalho de Luciana não foi fácil. Nem o de Marcelo. Por algumas vezes, eles acharam que aquela pequena mãe não resistiria. Uma música de Natal tocava em algum lugar. Luciana e Marcelo rezavam baixinho, pedindo a Deus que permitisse um milagre de Natal – que mãe e filho conseguissem sobreviver. A cesariana foi longa e complicada.

O sino da capelinha lá fora começou a bater, anunciando a Missa do Galo, no instante em que o bebê deu seu primeiro choro. Uma pediatra que acompanhava tudo o recebeu para os primeiros cuidados.

Lá fora, pessoas se abraçavam, desejando amor e paz aos corações. Dentro do barco, uma menina recebia nos braços seu filho, enquanto um velho casal se abraçava, comemorando o milagre de Natal. Uma nova vida começava; uma velha história de amor acabava de renascer. Para sempre e mais um dia.

A grande surpresa de Natal

Por Luciane Aparecida Varela

A noite estava apenas começando e as crianças todas alegres a brincar, pois era noite de Natal, Papai Noel traria muitos presentes e doces. Dessa maneira, Samuel nem viu a hora passar, pois queria é se divertir enquanto brincava com seus amigos.

Samuel era um menino muito esperto, magro com seus cabelos arrepiados, adorava uma boa aventura. Mal sabia ele que esse Natal lhe reservava uma grande surpresa. Aliás as crianças jamais imaginariam que o seu Natal iria ser uma aventura daquelas. Eles eram amigos desde bem pequenos e agora, todos quase com a mesma idade, continuam suas aventuras de crianças.

Nesse Natal se reuniram na fazenda do vovô de Samuel. Alexandre era o mais velho da turma tinha 10 anos, Ana era a menor oito anos, Samuel, Jucélia, Jaqueline, Samanta, Tiago e Rodolfo tinha nove anos, e adoravam ouvir as histórias do vovô de Samuel. Seu Bendito era um senhor, com seus 70 anos e adorava quando a turminha do Banzé como carinhosamente ele chamava vinha para o sítio visitá-lo, principalmente na época do Natal, pois ele fazia várias surpresas para as crianças.

Neste ano, ele preparou uma surpresa daquelas, fez lá no meio do potreiro uma cabana de escoteiro, pois dizia, que eles seriam os grandes aventureiros a descobrir o tesouro do homem da montanha. Como toda boa aventura sempre tinha uma grande história por trás, reuniu toda a turma e depois de abrirem os presentes e brincarem bastante ele lhes contou uma história, pois no amanhecer do dia eles iriam em busca do tesouro.

Seu Bendito começou a história assim:

– Crianças vou contar agora um grande segredo que ficará apenas entre nós, pois a partir de hoje vocês são os meus fiéis escoteiros e até preparei uma cabana pra gente se reunir amanhã bem cedinho, então fiquem bem atentos a todo desenrolar da história pois será assim que partiremos em busca do grande tesouro do homem da montanha.

Há muito tempo, um homem veio morar naquelas montanhas ali no fundo do sítio, mas ele tinha um grande tesouro e precisava escondê-lo. Mas quem deveria achá-lo era alguém muito especial, pois esse tesouro ninguém pode comprar ou vender, apenas ser digno de merecê-lo.

– Esse homem era muito discreto e ninguém quase o enxergava por ali, e até hoje ninguém encontrou o tesouro. Contam as pessoas que há uma gruta na montanha maior e que só pode ser lá que está escondido o tesouro, mas como ninguém nunca achou, são apenas hipóteses que contam. Por isso, montei aquela cabana para fazermos nosso escritório de reunião, vamos nos reunir bem cedinho para nos preparar para a grande aventura em busca do tesouro, mas lembrem-se de que precisam dormir agora.

Todo mundo dormindo, vovô Bendito começou a organizar as coisas que iriam movimentar o dia do Natal, pediu que sua ajudante Marisa ajudasse nos preparativos para a aventura, foram organizadas mochilas com comida, itens de primeiros socorros, água, toalhas, dentre outros objetos, para uma grande jornada.

Marisa ajudava Seu Bendito em tudo, estava na família há anos e era considerada como uma filha, por isso, sempre era cúmplice nas aventuras. Nesse dia não seria diferente, pois era Natal, um dia muito especial para todos, e a grande lição de vida era o que seu Bendito desejava passar às crianças.

Bateram 6h no relógio e uma grande sirene se ouviu ao longe:

– Acordem, criançada! Nossa aventura está começando. Gritou vovô.

As crianças acordaram assustadas, mas animadas para a grande aventura, e foram para a cozinha tomar seu café. São 7h e todos estão na cabana dos escoteiros atentos a cada instrução de Seu Bendito. Ouçam lá:

– Então, crianças... hoje sairemos para nossa aventura. Ela deverá durar até as 11h, pois ao meio-dia Marisa irá servir o almoço e teremos que estar de volta. Vou dar as instruções e não se esqueçam de nada. Também, cuidem-se muito pelo caminho.

– Vovô! – gritou Samuel. – Mas o que é esse tesouro que estamos procurando?

– Você irá saber na hora em que achar. Agora cada um pegando sua mochila e vamos lá para nossa grande aventura.

Saíram todos animados e tagarelando. As montanhas não eram longe e nem muito grandes, mas a emoção de sair em busca de um tesouro com os amigos e Seu Bendito não tem preço. Samanta gostava muito de Seu Bendito, pois não tinha mais seu vovô. Dessa maneira, as idas ao sítio eram uma verdadeira alegria, ainda mais no dia de Natal, pois ele sempre inventava algo para fazerem e eram muito bons aqueles momentos.

Todos davam muita atenção e cuidado à amiga Ana, pois ela era a menor, mas também a mais alegre e faladeira do grupo. Não parava um segundo. Assim, as aventuras passavam mais rápido com as peraltices de Ana.

Chegando ao topo da montanha logo avistaram uma linda cachoeira e uma entrada ao lado. Será que era ali que estava escondido o tesouro? A algazarra e a alegria não cabiam no peito da galerinha, que logo foi criando ideias sobre como seriam ganhadores do tesouro.

De repente, ouviram uma voz vindo do fundo da caverna, era uma voz meio rouca, calma e serena, que dizia assim:

– O que estão procurando dentro de minha caverna? Não quero receber visitas! Vão embora.

Ninguém moveu um membro ou balbuciou alguma coisa. As crianças estavam brancas e, como estátuas, não sabiam o que fazer. Vovô Bendito, como sempre, com toda sua esperteza, logo foi falando:

– Não estamos aqui para visitas e sim estamos à procura do grande tesouro do homem da montanha. Quem é você e o que quer nos assustando desse jeito?

– Eu sou o General e quero saber que tesouro é esse que você está falando?

– Você não sabia que nessa caverna existe o grande tesouro, e toda essa criançada veio aqui hoje para achar e desvendar esse grande segredo que está por muitos anos escondido?

– Não sei de tesouro nenhum e quero que vão embora. Parem de atrapalhar o meu sono. Chega dessa algazarra de crianças! Na verdade, eu não gosto de crianças!

– O quê? Você não gosta de crianças? Crianças são a coisa mais linda e inocente desse mundo, a fase mais rica de nossa vida, porque é nessa etapa que todos os sonhos são possíveis e a imaginação é mais linda de se ver.

– Não gosto de crianças. Elas são barulhentas e choronas. Vão embora.

Vovô Bendito ficou indignado, pois criança é a mais pura alegria, e essa turminha era a melhor. Faziam algazarra sim, mas eles eram humildes, gentis uns com os outros, e o principal: mantinham uma grande amizade entre eles, e os natais em sua fazenda eram sempre os melhores do mundo.

– Escute aqui Senhor General, não iremos embora até achar o tesouro, quer o Senhor goste ou não. Vamos lá, criançada! Avante galerinhaaaaaaaaaaaaaaa!!

– Ploft!

Só se ouviu um grande estalo e Vovô Bendito estava estatelado no chão. Pisou em uma pedra lisa e caiu com tudo no barro. A criançada ficou estarrecida e Samuel logo tratou de organizar tudo, pois seu avô havia desmaiado. O menino foi logo falando:

– Amigos temos que tirar o vovô daqui agora mesmo. Lembram-se do ele nos ensinou? Vamos lá!

Aquela galerinha tinha aprendido com o Vovô Bendito tudo sobre primeiros socorros, fizeram uma maca com bambu e cipó e, com todo cuidado, colocaram-no na maca e se organizaram para trazê-lo para casa. Eles também sempre carregavam rádio Ok Tok para qualquer emergência. Alexandre comunicou Marisa sobre o acontecido e logo a turma começou a jornada de volta.

Esqueceram do general e da busca pelo tesouro, pois a saúde do Vovô Bendito estava em perigo. A criançada se organizou da seguinte maneira: os maiores para carregar o vovô e os menores ficaram com as mochilas dos colegas. O mais rápido possível saíram da gruta e logo estavam na fazenda.

Marisa já havia chamado a ambulância e levaram o vovô para o hospital. Os amigos estavam tristes e cabisbaixos, pois nunca nada nem parecido havia acontecido no Natal. Samuel mantinha-se forte, pois sabia que seu vovô era um grande homem e logo estaria de volta. As horas passaram e Marisa chegou com notícias. Seu Bendito estava bem, apenas torceu o pé e desmaiou, e até a noitinha estaria em casa. Ainda bem! As crianças suspiraram aliviadas e foram descansar.

Marisa chamou a polícia para comunicar o acontecido, pois as crianças haviam comentado da presença de um general na gruta, e todos ficaram com medo e preocupados com uma pessoa desconhecida andando pela fazenda.

A polícia procurou na caverna o general, mas não encontrou nenhum vestígio de que alguém vivesse lá, ou de que naquele dia estivesse por lá, e assim as horas foram passando e a noite se aproximando com um lindo pôr do sol naquele dia de Natal.

Chegou a noite e vovô Bendito já estava em casa, então se reuniram todos ao redor da lareira e começaram a ouvir a história que vovô começou a contar. Esqueceram-se do tesouro, pois o mais importante era sua saúde, e a alegria de tê-lo em casa era maior do que tudo.

Muitos anos depois, em mais um Natal em família, as crianças já adolescentes, reuniram-se para ouvir as histórias do vovô. Nesse dia, Samuel perguntou:

– Vovô, o que será que aconteceu com o general? Nunca se soube nada dele, e o tesouro deve estar por lá, se ele não achou.

– Então, meu neto... acredito que o general veio apenas para nos assustar, e esse tesouro eu ganhei, pois se não fossem a humildade e amizade de vocês eu não estaria aqui para poder comemorar tantos natais com vocês. Acredito, meu menino, que esse foi o grande tesouro que vocês encontraram, pois, como diz um velho ditado: "Quem tem um amigo tem um tesouro", e você não tem apenas um, você tem sete tesouros que te acompanham por toda a vida de aventuras que vivemos nesta fazenda. O Natal trouxe o maior tesouro que poderia ter trazido: a minha vida. Agradeço todos os dias por vocês estarem comigo naquele dia, assim como em todos os natais, porque cada um é especial.

Samuel, com lágrimas nos olhos, abraçou Seu Bendito e agradeceu o grande tesouro que ele ganhou, pois aquele Natal foi de um grande aprendizado para cada um, e cada momento vivido é comemorado, pois o maior tesouro que temos é a Vida.

Cada Natal vivido naquela fazenda foi especial, e os amigos continuam até os dias de hoje se reunindo para ouvir as histórias do Seu Bendito e comemorar o bem mais precioso que cada um tem que é a oportunidade de viver e desfrutar de tudo que a vida proporciona, mas nenhum deles esqueceu do grande tesouro que naquele dia eles encontraram.

A carta

Por Michelle Romanhol

Isabel chegou tarde aquela noite na pensão onde estava hospedada. O trabalho na confeitaria era perfeito, mas ela estava se sentindo exausta nos últimos dias. Tudo o que ela queria era tomar um banho quente e descansar, pois a manhã seguinte, véspera de Natal, seria ainda mais cansativa.

Após o banho, a jovem se deitou em sua cama e adormeceu rapidamente. Pouco tempo depois foi despertada por uma batida na porta.

— Boa noite, querida! Trouxe seu jantar! – disse Margarida, a dona da pensão, quando ela abriu a porta.

— Obrigada! – Isabel se limitou a dizer, ainda sonolenta.

A mulher entrou no aposento e deixou a bandeja com a refeição sobre a cama desarrumada.

— Está tudo bem com você, menina? Parece tão cansada!

— Estou sim. Só tenho trabalhado demais! As encomendas para o Natal estão a todo vapor! A confeitaria está mais requisitada do que nunca!

— Ah, aquela torta de biscoito deles é maravilhosa! Todo mundo quer uma para a Ceia de Natal!

— Sim, ela é divina! Aliás tudo lá é uma delícia! E eu vou precisar me controlar muito se quiser continuar trabalhando lá, pois meus vestidos estão começando a ficar apertados!

A senhora riu, concordando.

— Aquele lugar é uma perdição! – ela falou já se retirando do quarto, porém parou no meio do caminho e retirou uma carta do bolso do avental. – Já estava me esquecendo! Chegou esta carta para você hoje à tarde!

Um sorriso surgiu no rosto de Isabel, iluminando as feições cansadas da jovem, quando ela viu o nome do remetente no envelope. Ela trancou a porta do quarto assim que Margarida saiu, ignorou o jantar e começou a ler a carta.

"Laranjeiras, 14 de dezembro de 1965

Querida Isabel,

Fiquei feliz ao receber sua carta e saber que está bem.

Peço perdão pela demora em lhe responder, mas devido às festividades que se aproximam, a carga de trabalho na fábrica de chocolates aumentou, então tenho vivido para o trabalho ultimamente.

Sua tia Helena anda me lançando olhares de reprovação por isso. Ela diz que estou cometendo o mesmo erro de seu pai. Mas me entregar ao trabalho é o que me faz levantar todas as manhãs, pois desde que você foi embora um buraco se abriu em meu peito.

Sei que nosso casamento não passava de um acordo, porém a amizade que construímos é verdadeira. E eu sinto sua falta. Sinto falta do seu bom dia, do seu sorriso cínico e do modo impaciente como bate o pé no chão quando está pensativa. Sinto falta de me embriagar em sua companhia e das histórias que compartilhávamos conforme a madrugada avançava.

Essa casa parece muito maior sem você! Cada centímetro dela me lembra você! O vazio de sua ausência me fere por dentro. Principalmente agora que o espírito Natalino se espalhou por toda a cidade.

Ao passar pelas casas enfeitadas, eu me amaldiçoo por ter permitido que partisse. Eu devia ter te impedido de entrar naquele trem. Eu devia ter te arrancado daquela estação e te levado de volta para casa! Mas não seria justo com você! Eu não tinha o direito de te impedir de realizar seus sonhos.

Então tudo o que me resta é desejar que seja feliz! Muito mais do que os votos de que tenha um Feliz Natal, eu quero que viva intensamente cada dia de sua vida. Quero que continue sendo essa força da natureza, feroz e selvagem. Quero que seja livre para voar e conquistar tudo o que sempre quis. E espero, de todo o meu coração, que encontre alguém que te ajude a realizar todos os seus sonhos!

Com amor,
Otávio”

Seu coração se partiu já nas primeiras linhas. Ela não conseguiu conter as lágrimas ao terminar de lê-la. Ali estava tudo o que ela queria ouvir de Otávio. E ela queria dizer que sentia o mesmo, que o amava, que também sentia a falta dele e que o queria ao seu lado.

Sentou-se para escrever uma carta de resposta, mas não conseguiu. As palavras se recusavam a sair. A saudade a sufocava tanto e a consumia por dentro.

Isabel passou a noite em claro, pensando no que faria. Quando o sol raiou naquele 24 de dezembro, ela fez as malas e partiu para a estação, onde pegou o primeiro trem rumo a Laranjeiras.

Otávio decidiu dispensar os funcionários mais cedo na véspera de Natal. Ele, porém, continuou lá até o anoitecer. Não tinha nada que o motivasse a voltar para casa. Pelo contrário, sempre que punha os pés lá, a ausência de Isabel o esmagava.

Enquanto caminhava admirando as luzes de luzes de Natal que iluminavam as ruas da cidade, ele notou que o bar de Joaquim ainda estava aberto. Então resolveu entrar e cumprimentar o amigo.

— Não deveria estar com sua família, Joaquim? – ele disse ao se sentar ao balcão.

— Daqui a pouco, me junto a eles! – o homem respondeu sorrindo. – Mas e você? O que faz na rua a essa hora? Não vá me dizer que estava na fábrica?

— Estava conferindo alguns pedidos que serão enviados na segunda.

Joaquim, então, pegou uma garrafa de whisky e serviu uma dose generosa para Otávio.

— Meu pai costumava dizer que o pior mentiroso é aquele que mente para si mesmo!

— Não estou mentindo para mim, Joaquim! Não quero voltar para casa! Ainda mais hoje, quando todo mundo está reunido com suas famílias, comemorando essa data sagrada do calendário cristão! E eu não tenho ninguém me esperando lá.

Otávio pegou o copo e bebeu um gole generoso, na esperança de que a bebida apagasse os sentimentos que o perturbavam.

— Eu já vi essa história antes – Joaquim suspirou. – E ela não termina bem!

— Eu não tenho ninguém para se importar mesmo! – Otávio virou o resto da bebida.

— Isso não é verdade! E, ao contrário do que aconteceu com Francisco, sua esposa ainda está viva. Por que não vai atrás dela?

— Porque nosso casamento era uma mentira, Joaquim! Um acordo para que ela pudesse receber a herança! Foi o nosso combinado. Depois que o pai dela morresse, ela me venderia a parte dela na fábrica e iria embora!

O dono do bar começou a dizer algo, mas foi interrompido pela chegada repentina de Danilo.

— Eu sabia que te encontraria aqui! – disse batendo no ombro de Otávio.

— Veio se juntar a mim ou também vai me comparar a meu falecido sogro?

— Na verdade vim te fazer um convite. Dona Helena quer que participe de nossa ceia de Natal!

— Diga a sua sogra que eu agradeço o convite, mas terei que recusá-lo!

— E vai passar o Natal naquela casa vazia, chorando e se embebedando por causa de Isabel? Sinceramente, você deveria comemorar que se livrou dela!

Otávio lutou contra a vontade de dar um soco em Danilo e se limitou a encher o copo mais uma vez.

— E você deveria calar a sua boca! – a voz de Isabel irrompeu pelo lugar, surpreendendo os três homens que ali se encontravam.

Ao se virar para encará-la e ter mesmo certeza de que ela estava ali, Otávio deixou o copo deslizar por seus dedos. Ele se quebrou ao atingir o chão, espalhando a bebida por toda parte.

— Eu fiquei só um mês fora e você se esqueceu de como se segura um copo! – ela falou ao se aproximar de Otávio.

— Esse mês pareceu uma eternidade! – disse ao abraçá-la.

Isabel sorriu erguendo o rosto do peito de Otávio e segurando as laterais de seu rosto. Ao usar o polegar para deter uma lágrima que escorria daqueles adoráveis olhos verdes, ela deixou que suas próprias lágrimas escorressem por sua face.

— Também senti sua falta! – ela disse antes de colar os lábios nos dele.

Quando Isabel despertou na manhã de Natal, o cheiro de café preenchia o ambiente. Ao chegar à cozinha encontrou Otávio fazendo rabanadas.

— Feliz Natal, senhora Alves de Campos!

— Feliz Natal, senhor Alves de Campos! – ela o abraçou.

— Ainda não consigo acreditar que está aqui! – Otávio disse ao apertá-la junto ao peito.

— Pode acreditar! Eu voltei e não pretendo partir novamente!

— Mesmo assim quero que saiba, que se quiser ir embora, eu irei com você!

— Abandonaria a Fábrica de Chocolates que tanto ama?

— Sem pensar duas vezes!

— Pelo visto, acho que não vou mais me livrar de você! – ela falou rindo e pegou uma das rabanadas do prato.

— Não mesmo! – Otávio sorriu. – Espero que goste! É a única receita Natalina que conheço!

No entanto, após algumas mordidas, Isabel correu até o banheiro, onde vomitou todo o conteúdo de seu estômago na privada. Otávio a seguiu, segurando seus longos cabelos ruivos.

— Estava tão ruim assim? – ele perguntou enquanto ela lavava o rosto.

— Estava uma delícia! – Um sorriso carinhoso surgiu em seu rosto. – Eu é que estou meio enjoada de doce! Principalmente depois que comecei a trabalhar em uma confeitaria!

O marido a encarou, incrédulo, por alguns segundos.

— Você? – disse por fim. – Trabalhando? Em uma confeitaria?

Ela deu de ombros, caminhando de volta para o quarto. Ele a seguiu.

— Um dia fui comprar um bolo e vi que precisavam de uma garçonete, aí pensei que seria uma ótima forma de recomeçar!

— Garçonete? – Otávio não conseguia acreditar no que ouvia.

— Sim! Qual o problema?

— Nenhum. Mas é difícil acreditar que uma herdeira milionária estava trabalhando de garçonete em uma confeitaria, sem querer desmerecer a profissão, é claro!

Ela lhe deu um sorriso triste, segurou suas mãos e olhou profundamente em seus olhos.

— Você me disse, na sua carta, que estava "vivendo para o trabalho". Por que fez isso?

Ele suspirou ao responder.

— Porque eu não suportava sua ausência. E o trabalho mantinha meus pensamentos ocupados.

— Pois então! Comigo era a mesma coisa! Trabalhar me ajudava a não pensar em você e no quão burra eu fui por ter ido embora!

— Isabel... – ele começou a dizer, mas foi interrompido pelo som da campainha tocando.

Era um dos empregados de Helena, trazendo uma generosa cesta de café da manhã e um convite para almoçarem juntos.

Otávio ficou tentado a recusar, mas Isabel o convenceu a aceitar, afinal a tia sempre foi como uma mãe para ela.

Ao chegarem à casa da família Azevedo, foram recepcionados pela própria Helena, que deu um abraço apertado em Isabel.

— Ah, minha querida! Estou tão feliz que tenha voltado! – ela disse se recusando a soltar a sobrinha.

— Foi tolice ter partido! – ela disse se desvencilhando dos braços da mulher. – Meu lugar é aqui. Com Otávio!

— Quem diria! – Danilo falou entregando uma taça de vinho para Otávio. – Você conseguiu domar a fera!

Isabel lhe lançou um olhar mortal, mas Otávio sorriu e tocou de leve as costas da esposa.

— Não. Foi ela quem me domou!

— Ah, por favor! Ninguém domou ninguém. – Sua prima, Laura, disse ao se aproximar, trazendo o pequeno Daniel no colo. – Vocês não são animais selvagens, são pessoas. Vocês se apaixonaram! Só não tinham coragem de admitir! No fim, foi bom Isabel ter ido embora. Pois só assim puderam enxergar o sentimento verdadeiro que existia entre vocês!

— E você sempre teve... – Isabel iniciou sua fala, mas se sentiu tonta de repente. Ela agarrou o braço do marido para não cair, mas acabou desmaiando.

Ela foi levada ainda inconsciente para o hospital, onde foi prontamente atendida, já que o lugar estava praticamente vazio. Otávio e Helena foram obrigados a aguardar na sala de espera, enquanto o médico a examinava.

Poucos minutos depois, ele saiu do consultório, dizendo que ela havia recobrado a consciência e queria falar com Otávio.

— O que o médico disse? – ele perguntou segurando as mãos dela assim que entrou no consultório – É algo grave?

— Não – ela sussurrou e lágrimas brotaram de seus olhos. – Eu estou grávida.

— Eu vou ser pai? – um sorriso iluminou seu rosto ao dizer essas palavras.

Isabel balançou a cabeça em afirmação, sem conseguir dizer uma palavra sequer, completamente dominada pela emoção do momento. Otávio a abraçou, deixando algumas lágrimas de pura felicidade rolarem por seu rosto.

— Este é o melhor presente de Natal que eu poderia receber!

— Eu nunca acreditei em milagres de Natal – Isabel disse, em meio às lágrimas. – Mas agora eu tenho certeza de que recebemos um!

— Depois de tudo o que passamos, nós dois merecemos um final feliz!

Isabel sorriu entrelaçando os dedos nos de Otávio.

— Lembra do que me desejou naquela carta? – ela perguntou e ele assentiu, sorrindo. – Pois eu já havia encontrado esse alguém, não só para ajudar a realizar meus sonhos, mas para vivê-los comigo! E é você, Otávio. Sempre foi você!

Um presente especial

Por Diogo Nascimento

Simone ainda tinha bem clara a lembrança daquele dia. Seu filho chorando com o pequeno Bob nos braços, o cãozinho agitado e brincalhão estava sem vida.

Bob havia sido encontrado por Simone nas ruas, em um dia de chuva torrencial. Ela estava voltando para casa em seu carro, depois de mais um dia de trabalho. Ao parar no semáforo ela avistou o cãozinho, que aparentava não ter nem um mês de vida, encolhido em uma calçada sob o toldo de uma loja. As pessoas que por ali passavam pareciam nem notar o pequeno animal. Elas andavam apressadamente segurando seus guarda-chuva.

O semáforo abriu, Simone seguiu em frente, mas não parava de pensar no cãozinho. Parou não muito longe de onde o tinha avistado, desceu do carro segurando um guarda-chuva e foi ao encontro do pequeno animal. Voltou para o carro com o cãozinho carinhosamente protegido em seus braços.

Miguel, que na época tinha dois anos de idade, ficou eufórico ao ver o pequeno cãozinho. Era o seu primeiro animal de estimação. O nome Bob foi em homenagem a um desenho animado que o menino gostava de assistir.

Bob e Miguel se tornaram uma dupla inseparável, o cão vivia sempre na companhia do menino. Quando Miguel voltava da escola, Bob sempre o esperava latindo no portão. Os anos foram passando, até que um certo dia Miguel, já com nove anos de idade, notou que Bob não o esperava no portão.

– Bob! – chamou o menino.

Continuou chamando sem sucesso.

– Mãe, o Bob sumiu!

Simone foi ao encontro do filho, e juntos chamaram pelo nome do cachorro. Foram até a rua e continuaram chamando, sem nenhum sinal de Bob. Mais tarde Renato chegou do trabalho. Ao entrar em casa Miguel foi logo falando com lágrimas nos olhos:

– Pai... o Bob sumiu!

– Como assim, sumiu? – indagou Renato.

– Eu e o Miguel chamamos e ele não apareceu - explicou Simone. – O Bob sempre vem correndo quando chamamos. Eu não sei o que aconteceu.

– Vou pegar o carro e dar umas voltas nas redondezas – falou Renato prontamente. – Ele deve estar em algum lugar.

– Eu vou junto! – respondeu Miguel logo em seguida.

Ao saírem de casa seguidos por Simone, Miguel olhava para o jardim até que notou alguma coisa.

– Pai, olha lá! – Apontou o menino para um canto do jardim onde estavam plantados alguns arbustos. – Parece a perna do Bob. Ele deve estar dormindo!

Miguel correu até lá, Renato e Simone foram logo em seguida. Renato percebeu que o cachorro não se mexia. Olhou para Simone, que já estava com lágrimas nos olhos.

– Pai, por que o Bob não acorda? – questionou o menino com sua inocência.

– Filho... – começou Renato. – O Bob está dormindo... um sono eterno.

O menino então compreendeu o que estava acontecendo, com lágrimas nos olhos pegou o cãozinho sem vida e o segurou em seus braços.

Na semana de Natal, Simone e Renato estavam pensando no presente que iriam dar para o filho. Já se completariam oito meses depois da partida de Bob.

– Pensei naquele *videogame* que foi lançado esse ano – sugeriu Renato. – Depois da morte de Bob, Miguel passou a ficar mais tempo entretido com os jogos.

– Pode ser – concordou Simone. – Mas eu estava pensando na carta que ele deixou debaixo da árvore de Natal, falando que esse ano não queria nada em específico, só mencionou que queria um presente especial.

– Sim... isso me deixou muito comovido. – comentou Renato

– O Bob deixou um vazio no Miguel – refletiu Simone. – Eu queria, de alguma forma, completar esse vazio.

– Você está pensando em... – Renato foi falando e ao mesmo tempo via um sorriso brotar no rosto de Simone.

– Sim! – respondeu Simone prontamente.

Na véspera de Natal, Simone e Renato levaram o filho a uma feira de adoção de animais que ocorria na cidade.

– Por que vocês me trouxeram até aqui? – questionou Miguel.

– Para... quem sabe você possa encontrar um novo amigo – respondeu Simone.

Miguel não falou mais nada, apenas observava aqueles animais em cercados protegidos por grades. Foi então que avistou em um cercado, um simpático e agitado cãozinho cor de caramelo que latiu ao ver o menino. Miguel se aproximou e fez um carinho no animal. Em seguida, perguntou:

– Você quer um novo lar?

O cãozinho latiu eufórico e ficou pulando na grade do cercado em que se encontrava.

– Acho que isso é um sim – falou o menino olhando para o pequeno animal, com um sorriso no rosto.

Simone e Renato olhavam para aquela cena emocionados. Com os olhos marejados em lágrimas, Simone comentou:

– Ele acabou de encontrar o presente especial que pediu de Natal.

Quando a gente se vê?

Por Félix Barros

Quando a gente se vê?

– Em breve. Minhas férias estão marcadas para daqui a três meses. A gente combina.

– Olha! Promessa é dívida!

– Não se preocupe, pai. Já já eu estarei lhe incomodando de novo.

– Não é incômodo, filho. Você sabe que eu e a sua mãe adoramos quando você vem nos visitar.

– Eu sei. Em abril eu volto.

Não consegui voltar a tempo de me verem.

Em março, começaram com uma febre, dor no corpo, perda de olfato. Em menos de uma semana, falta de ar, as pontas dos dedos ficando roxas. Um vizinho mais solícito os levou ao hospital. Na emergência, foram triados para a área vermelha. São os pacientes mais graves. A quantidade de oxigênio respirado não estava sendo suficiente, disse o médico. Precisaram de máscara para manter seu nível no corpo adequado.

Foram internados na UTI. Rapidamente a doença evoluiu e foram intubados. Os médicos ainda tateavam para tratar essa doença com nome esquisito: Covid-19. Não responderam às diversas terapêuticas instituídas, e só tive tempo para chegar à cidade e visitá-los uma única vez.

Sem direito a velório, os ritos de despedida se resumiram a um enterro breve, de caixão fechado, e tudo estava acabado. Inclusive eu.

A vida, às vezes, ensina da forma mais difícil. Nosso tempo é hoje. Ontem é uma realidade que não mais pode ser modificada. Amanhã são conjecturas, caminhos diversos que podemos tomar. Mas a nossa realidade se faz hoje. É o presente que irá determinar o que se ganha ou se perde amanhã.

Uma morte assim dói demais. E passa a doer diariamente, quando reviramos pelo avesso a vida de quem amamos. São peregrinações por cartórios, agências bancárias, financeiras, atrás de documentos, atestados, impostos e taxas a pagar, burocracias, prazos alargados, viagens e viagens para resolver pendências, documentos, estresses, luto, crises de apatia, vontade de ficar parado num canto, ruminando a dor, retorno à vida, burocracia.

Meses e dinheiro depois, uma sensação de vazio toma conta. Vazio do ambiente daquele imóvel, que parece imenso sem a presença de meus pais. Vazio dos álbuns que revejo, pela primeira vez a sós. Faltam as brincadeiras espirituosas do meu pai, os cuidados excessivos da minha mãe, as lembranças dos passeios pelos parques da cidade, tomar um sorvete de chocolate na velha sorveteria, cujos funcionários mais antigos me viram crescer.

A pressão do dia a dia e a rotina de trabalho vão cobrando seu preço. O ritmo se torna um pouco arrastado. As noites servem para contemplar o teto, conversar com o travesseiro, revirar na cama, até que o cansaço venha me vencer. Pouco depois, o despertador estoura os tímpanos. Minha cabeça lateja.

As férias foram vazias. O sentido daquilo tudo, aquele redemoinho ainda fazia seus efeitos em minha mente. Procurei o silêncio da serra, levei alguns livros e fiz minha trilha sonora de mp3 para passar uma semana em paz. Deixei recado com os tios e amigos mais próximos, evitando estresse e preocupações.

Era uma casa da família que, no momento, estava desocupada. Meus tios me passaram as chaves. Busquei refazer as forças, traçar as linhas de um novo caminho.

A serra nublada convidava à contemplação. A neblina criava vultos na paisagem, e pouco se enxergava além de alguns metros. A vegetação nativa proliferava em meio a tanta umidade, e o céu permaneceu nublado por quase toda a estadia. O tempo também me boicotava.

A volta para casa trouxe até certo alívio. Precisava de um distanciamento para lembrar o conforto que é estar no próprio lar. Rever as minhas coisas, o meu mundinho particular, onde tudo se faz conforme meus desejos. O sono voltou a ter horário, gradativamente. As tarefas de rotina, também.

No retorno ao trabalho, meus amigos e colegas mais próximos encomendaram uma cesta de café da manhã, buscando levantar meu astral. Fiquei contente de saber que alguém naquele escritório realmente estava se preocupando com o que passava ao redor. Às vezes, pensamos e imaginamos fatos que se encontram longe da realidade. Prejulgamentos podem levar nossos relacionamentos à ruína.

Sentia, apesar de todas as demonstrações de carinho e consideração, um vazio dentro de mim, uma profusão de sentimentos que vinha sem hora marcada, trazendo consigo uma insuspeitada melancolia.

A empresa dividiu as turmas para trabalho em casa, em regime de revezamento. As normas de segurança, associadas à economia de guerra, que teve lugar devido à retração da atividade do mercado e fechamento de muitas empresas, fez com que tivéssemos de nos reinventar. Investimos pesado na internet, com medo de perder nossos empregos. E a resposta foi excelente. Em pouco tempo estávamos entre os líderes em nosso segmento, mantendo uma atuação invejável até para os tempos pré-crise.

Eu continuava a buscar alguma coisa que minorasse meu vazio existencial, essa solidão que vinha me visitar às noites e finais de semana. Passava pelas ruas, notando a quantidade de pessoas que vinham habitar viadutos, praças, calçadas e terrenos abandonados. Famílias inteiras perderam empregos, residências, dignidade e o direito de ter refeição em hora certa e com regularidade.

Elaborei um plano para apresentar às empresas e aos amigos que estivessem em condições de participar. Propus separarmos uma quantidade de nossos salários para comprar comida e itens de higiene para as pessoas que vivem na rua. Seria uma ação conjunta, com uma área de abrangência a ser definida e com alimentos da cesta básica ou quentinhas, mais produtos de higiene e limpeza.

A maioria declinou do convite.

Iniciamos o trabalho eu e mais cinco pessoas. Preparamos sanduíches mistos e seguimos nosso roteiro, buscando os necessitados mais próximos de nossas casas. Nosso comportamento, inicialmente retraído, ganhou desenvoltura. Dentro das normas de segurança, oferecíamos as refeições, inicialmente às crianças e idosos.

Meus amigos, empolgados, sugeriram irmos atrás de, como eles diziam, patrocinadores. No nosso tempo ocioso, buscamos auxílio de empresas, de pessoas com mais posses e de outras instituições. Muitas portas bateram em nossas caras, mas uma parte colaborou. E alguns tomaram parte em nosso projeto.

Infelizmente, a miséria crescia mais rápido, e mesmo alguns colaboradores foram se inviabilizando financeiramente. As baixas no nosso quadro se sucediam.

Entre os objetivos para realizar no ano, um em especial era a menina dos meus olhos: uma ceia de Natal com os moradores de rua. Havia elaborado uma lista com cardápio para cem pessoas. Busquei também determinar os locais mais adequados naquela região onde trabalhávamos, inclusive com planos B e C. Estipulei lembranças para adultos e crianças. A coisa toda ia se tornando inviável.

Os amigos, já desestimulados, davam sinais de cansaço. Senti que não poderia exigir tanto deles. Buscamos colaboradores e doadores em todas as redes sociais, mas até aquele momento nenhum sinal de mudança.

Chegamos ao final de novembro em clima de fim de festa. Havíamos reduzido demasiadamente nossa oferta diária de refeições. Contávamos conosco e com doações cada vez menores. De outro lado, o número de pessoas na rua parecia aumentar em ordem geométrica. As contas não bateriam, quando o Natal chegasse.

Após o trabalho, saímos para pegar uma brisa na praia e apreciar o pôr do sol. Lembrei da última vez que levei meus pais para apreciar aquela vista. Passaram uma semana comigo. Fizemos muitas coisas nesse tempo. Conversamos, passeamos, fomos ao cinema, ao teatro, a um show de música. Muito bom tudo isso! Queria fazer uma homenagem a eles nesse Natal. Tantas perdas nessa pandemia.

A lua cheia trouxe beleza para aquela noite de incertezas. A maré trazia ondas imponentes para quebrar nas rochas. Senti certo conforto naquelas cenas. Guardei um pouco de esperança para usar enquanto tentávamos continuar nossa empreitada.

No dia quinze de dezembro, recebi um telefonema esquisito. Uma pessoa, que se dizia representante de um grande empresário da cidade, solicitava uma reunião com um representante do grupo. Ficamos desconfiados, a princípio. Seria um dos muitos trotes que já sofrêramos? Por segurança, confirmamos o endereço informado e vimos que era do edifício sede do grupo empresarial.

Comparecemos à reunião, no instante informado. Fomos atendidos pelo homem que nos telefonou. Dentro em pouco, seu chefe conversaria conosco. Ofereceu uma bebida, que recusamos. Estávamos confusos e ansiosos. Seria alguma proposta indecorosa?

Enfim, fomos convidados a entrar na sala de reuniões. Fomos recebidos cordialmente por um homem de uns cinquenta anos, formal, educado, que nos indicou onde nos sentarmos e falou sem maiores introduções:

– Sei da situação atual de vocês. Tenho acompanhado pelas mídias o trabalho que têm realizado com as pessoas em situação de insegurança. Tenho ouvido comentários muito positivos sobre o que estão fazendo. Quero fazer uma oferta.

Ante o nosso ar desconcertado, ele continuou:

– Na verdade, são duas ofertas. Em primeiro lugar, estou transferindo um valor que, acredito, deverá sustentar o trabalho de vocês por todo o ano que vem.

Nós nos olhamos, entre assustados e incrédulos.

– Em contrapartida, terão apenas que assinar um termo de compromisso, afirmando que deverão discriminar o que foi feito com cada centavo gasto e tornar estas informações públicas.

– O senhor não vai exigir nenhum tipo de publicidade?

– Não.

– Teremos que fazer algo em seu benefício?

– Apenas usem bem o dinheiro que vou lhes oferecer. Façam o que vocês já estão fazendo.

– Desculpe a insistência, mas uma quantia dessas geralmente não vem assim...

– De graça. Eu sei. Mas não há contrapartida, a não ser fazer bom uso do valor que estou oferecendo.

Já contando com a nossa surpresa, prosseguiu:

– Em segundo lugar, deverão assinar outro termo de compromisso, termo esse referente a uma ceia de Natal em um *buffet* da cidade, onde deverão estar entre 180 e 200 moradores de rua.

– Isso não é brincadeira?

– De forma alguma. O cumprimento do segundo termo é condição para o recebimento do valor do segundo. Obrigado pela atenção dos senhores. Meu secretário providenciará os documentos, as assinaturas, convites e o que for necessário.

Saímos da sala e fomos ter com o secretário. Assinamos o termo da festa e recebemos os convites. A assinatura do outro termo seria durante a ceia. Um pequeno valor foi depositado em nossa conta para garantir as quentinhas até o fim do mês.

Saímos do prédio sem acreditar. Olhamos para o documento outra vez. Estava escrito.

Tivemos de procurar mais pessoas para oferecer os convites. Resolvemos não dizer onde seria a ceia, para evitar que pensassem ser mentira e não viessem ao ponto de encontro. Usamos o dinheiro para fretar o transporte dos convidados.

No dia marcado, todos vieram. Ficaram surpresos ao ver os ônibus. E era só o começo da viagem.

O *buffet* estava todo preparado com brilhos, luzes e enfeites. Na entrada, receberam lembranças que pareciam de aniversário. Os convites determinavam onde sentaria cada pessoa. Todos receberam orientações sobre máscaras e distanciamento. Um conjunto animava a festa. Salgadinhos e doces, além de bebidas não alcoólicas, eram servidos pelos garçons. As pessoas, entre deslumbradas e felizes, aproveitavam aquele momento mágico. Poucos haviam entrado num lugar como aquele, antes. As crianças brincavam animadas.

Na hora da ceia, a banda parou de tocar. No centro do palco, um mestre de cerimônia conduziu uma oração rápida. Solicitou que todos se sentassem e aproveitassem a refeição. Olhares ávidos, alguns sem jeito para encarar a comida, alguns atacando os pratos como se fosse a última refeição do mundo.

Poucos prestaram atenção no fundo do palco, que se abria para mostrar a fotografia de uma bela moça. Observei um vulto que apreciava tudo do mezanino. Abordei o secretário do anfitrião, perguntando pela moça:

– Não me é estranha...

– Tem razão. Quase toda semana estava nas colunas sociais.

– Sim. Agora me lembro. É a filha dele.

– Foi.

– Como assim? Morreu?

– Sim. Há duas semanas.

– Mas... e essa festa, tão próxima da morte da filha?

– Hoje seria o aniversário dela. Seria a festa dos quinze anos. Ela não queria isso, queria distribuir comida e outros itens de maior necessidade para os pobres. O pai insistiu nessa festa de debutante. Eles brigaram. Ela perdeu o controle e pulou do décimo andar. Ele abafou as notícias da mídia com dinheiro e influência. Mas a consciência doeu.

– E por que ele nos procurou?

– A filha falava muito sobre o trabalho de vocês, sobre a campanha nas redes sociais, a falta de fundos para continuar. Ela seguia vocês. Era uma adolescente bipolar, numa fase difícil, numa época difícil como essa. Você tem ideia de quantas pessoas cometeram suicídio durante a pandemia?

Olhei mais uma vez para o mezanino. O anfitrião não se encontrava lá. A vida, às vezes, cobra um preço muito caro. Mas ele teve sua redenção nesse momento tão triste: ter feito o Natal de cerca de 200 pessoas sem teto e sem perspectiva. Há quanto tempo esses rostos não expressam tanta alegria e esperança?

A vida nos reuniu para dizer que renasce em momentos assim. Uma canção de Natal embala nossos sonhos, enquanto um pai embala a memória da filha em seu colo e um filho honra os pais na felicidade de servir. É meia-noite. Levaremos momentos inesquecíveis para aquecer nossos corações nas noites frias. Feliz Natal!

Meu presente de Natal

Por Franncis Antunes de Souza

— Oi! Meu nome é Franncis, tenho 37 anos. Queria ter uma história totalmente única de Natal para contar ao meu filho que nascera recentemente. Eu estava cansado das histórias tradicionais e já contadas igualmente por muitos em tantos livros por aí afora. Procurava algo que trouxesse a verdade do Natal de um jeito menos rebuscado de metáforas ou fantasioso demais. Eu buscava um conto vivo e vivido por alguém real que tivesse uma lembrança cheia de significados próprios de um Natal inesquecível, uma história contada por uma criança desconhecida, encontrada num mágico acaso dos encontros. E tudo aconteceu misteriosamente no dia 24 de dezembro, quando eu procurava um presente naquelas barracas populares em que a gente pensa genericamente que todo o simbolismo do Natal e outras datas importantes tenha se convertido em mero apelo comercial. Então assim, numa correria entre esbarrões e gritos, acabei por encontrar o pequeno e falante Piuí puxando minha camisa e mostrando um broche com a palavra família estampada e dizendo que seria o melhor presente de Natal do mundo. Olhei para ele e perguntei o porquê daquele broche ser o melhor de todos os presentes dali, e ele simplesmente respondeu:

– Se eu te contar uma história de Natal que vivi e que se esconde nesse broche, você vai ver que tenho razão. Você tem uns minutinhos e, por acaso, uma nota de 50 no bolso?... aquilo entrou nos meus ouvidos e foi direto no meu substrato inconsciente, que esperou ouvir isso por tantos e tantos dias, entre caminhos e lugares, à procura de uma história real de Natal. Então concordei com o trato, sentamo-nos num velho banco de madeira ali perto e ele começou a contar sua história:

– Eu tinha nove anos, morava com a minha mãe e meus dois irmãos mais novos. Aquele Natal de 1993 tinha tudo para ser o melhor de todos. Era o Natal de seguir tudo rigorosamente, como a tradição diz nos livros e na boca dos mais velhos. Tirei as melhores notas da minha sala; fui premiado como o melhor aluno da minha idade; ajudei a cuidar dos meus irmãos mais novos sem brigar tanto com eles; arrumei a minha cama todos os dias sem reclamar ou contar vantagem do lençol bem posto e cobertores dobrados milimetricamente iguais (rs); aprendi a andar de bicicleta sem as rodinhas, ainda sem muita velocidade e caindo de vez em quando, mas seguindo firme após cada queda; melhorei meu paladar com mais frutas e verduras diferentes, não gostei de tudo, na verdade, gostei da pouca coisa, mas tudo que foi colocado no meu prato por mamãe, eu mastiguei umas cinco ou seis vezes até decidir engolir ou cuspir fora (rs); passei a tomar certo desejo pela leitura diária de livros com histórias de super-heróis poderosos e personagens como xerifes e animais falantes, mas não abri mão da minha paixão por gibis nacionais e meu dever com os livros da escola, pois o acordo com o meu padrinho era eu cuidar dos materiais de estudo e ele traria uma montanha de livros usados e raros pra mim de alguns sebos aqui na cidade e de outras da região (trato feito e cumprido); eu me comportei mais nas festas da família e da escola, e até comecei a gostar de algumas delas, na verdade, inclusive penteava meu cabelo com gel, escolhia as melhores roupas para cada uma delas e brincava com meus irmãos com muito gosto; além do mais, coloquei meus sapatos limpinhos nos lugares certos, não quebrei nenhuma bolinha da árvore de Natal, fiz as cartinhas com muito glitter, cor e uma letra bem desenhada, decorei sozinho a letra de duas musiquinhas Natalinas que mamãe e meus irmãos gostavam; aquele era o ano que eu finalmente receberia todos os presentes que eu imaginei nos natais passados e pedi de novo para o Papai Noel neste ano.

– O dia de Natal que eu conheci a vida inteira era com a minha mãe, meus irmãos, meu padrinho vindo me visitar, alguns tios traziam meias e cuecas para as crianças da casa, muita música e luzes na sala, presentes com papel brilhante perto da árvore, comida deliciosa cheirando de longe, jarra com suco de uva (o meu preferido), e até alguns doces a minha mãe comprava na padaria pra deixar a mesa da cozinha recheada de coisa boa pra gente comer e beber a noite depois da abertura dos presentes. Apesar de alguns dias ruins que aconteciam perto do Natal por conta do frio, que uma vez ou outra deixavam um dos meus irmãos com tosse e de cama alguns dias, a gente dava um jeito de melhorar o clima da casa nas noites que vinham antes da tal noite de Natal fazendo tudo juntos, rezando, tomando banho, cantando e dançando mais, a gente se aquietava e aconchegava todos no mesmo quarto e ríamos até a barriga doer antes de dormir. O Natal era realmente mágico para nós, Papai Noel era um velhinho bom e fazia os presentes para todas as crianças do mundo, Jesus Cristo nascia de verdade nos nossos corações e todas as estrelas do céu eram mais brilhantes na noite de Natal. E mesmo que faltasse a presença de um ou outro da família para comemorar e levar presentes, todos eram lembrados nas conversas e alguns viraram saudade chorada em fotos nos álbuns antigos que minha mãe guardava no seu guarda-roupa e víamos todos os natais para saborear o passado com alegria e a certeza de que a vida passa, mas o Natal permanece renascendo a gente para novas emoções e felicidades do próximo ano.

– Infelizmente, minha mãe adoeceu poucos dias antes desse Natal, ela foi para o hospital e o médico disse que ela ficaria lá internada por um tempo para melhorar. Então fiquei cuidando dos irmãos e da casa junto do meu padrinho. Foram dias longos, noites intermináveis, só pude rezar e deixar tudo certo para o dia de Natal, pois sabia que minha mãe voltaria e a gente teria um Natal maravilhoso apesar da situação triste dela no hospital e a gente em casa sem alegria, dancinhas e canções. O dia de Natal se aproximava e eu olhava muitas vezes para a árvore de Natal sem presentes e passei a não me importar com aquele vazio, afinal, meu vazio de dentro era o que doía e crescia mais dia a dia. Então fui descobrindo o que significava a palavra presente e lembrei de todos os natais passados, tão felizes e animados, apesar de não ter os presentes que desejava por um ano inteiro, eu sempre tive anos incríveis com a minha mãe e meus irmãos. Todos presentes na mesma casa, tudo estava ali o tempo inteiro, e eu me chateando com videogames e uma mochila cheia de estilo. A presença é um presente, o presente é ficar do ladinho, é rir junto, ouvir histórias antes de dormir, é saber que o pesadelo não vai se tornar real, porque o sonho ressurge quando abro os olhos e vejo quem amo dizendo que vai ficar tudo bem.

– No fim da tarde do dia 24, minha mãe retornou de cadeiras de rodas. Parecia mais distante de tudo. Chorei no banheiro enquanto tomava meu banho, minha mãezinha estava mal de verdade e, apesar disso tudo, na virada da noite, o Natal chegou de vez, eu e meus irmãos entregamos nossas cartinhas e demos um abraço na mamãe. Não foi a noite esperada, todo mundo que foi lá em casa estava diferente e com os olhos baixos, não foi o Natal tradicional, mas mamãe voltou para a sua casa e pôde abraçar todos nós com o amor de sempre, e aquilo foi o melhor presente que Deus poderia ter dado pra ela e seus filhos... Ela faleceu dois depois daquela noite, mas o significado do presente Natalino trazido para a minha vida foi aprender perceber e valorizar a chance de ter vivido a presença dela por tantos anos, diazinho por diazinho, olhar e carinho nos seus pequenos instantes de sabor aconchegante, sendo parte de uma família feliz antes, durante e depois de todo Natal... O melhor presente do mundo é uma família que faz do ano inteiro uma noite linda de Natal...

E a história termina aqui, senhor! A continuação dela somos nós aqui. Mais um Natal pra renascer junto com quem nos faz sentir em família!

Sem entender muito bem aquele momento singular, tudo que ouvi de uma criança de apenas dez anos, quanta coisa maravilhosa exposta em minutos de um encontro, e meus olhos rasos d'água, aprofundados por uma reflexão calorosa feito um abraço, eu agradeci a história meio sem jeito, engolindo palavras e soluços, apertei sua mão entre as minhas, peguei o colar e pus logo no pescoço, entreguei as duas notas de 50 que tinha na carteira, levantei do banco e fui correndo para casa sorrindo e agradecendo aos ventos e céus. Cheguei em casa, abracei e beijei minha mulher e filho por vezes incontáveis, e desde então as nossas noites de Natal nunca mais foram noites de presentes, elas se tornaram dias de presença com a minha família, meu melhor presente de Natal!

O presépio

Por Simone Mota Almeida

O sol dos últimos dias da primavera bateu na janela do meu quarto, impetuoso, com uma luminosidade além do normal! Num sobressalto, lembrei-me de que já estava passando da hora de resgatar aquela caixa com o que sobrou do presépio que está na minha família há mais de 70 anos, pois o Natal chegaria em uma semana.

Nas minhas lembranças mais distantes, recordo-me de que o presépio que pertenceu a minha avó Maria era composto de no mínimo 50 peças, com todos os personagens e cenários que envolvem o nascimento e os primeiros dias da vida de Jesus, os quais nós relembramos todos os anos nesse período mágico.

Com o tempo as peças foram se desgastando e algumas quebrando, porém, como se por milagre, revelando a imensurável importância, restaram José, Maria e o Menino Jesus, aquele mesmo Menino Jesus de olhar triste que me acompanhou em todos os dezembros da minha vida, exceto em 2011, quando eu não consegui encontrá-lo.

Sem perca de tempo, fui até o outro quarto e peguei a caixa e lá estavam os três, esperando por mim para ocuparem os seus lugares. Ao olhar para os olhos tristes do Menino Jesus, senti uma inefável alegria, pelo passado, pelo presente, pelo futuro, enfim, pela minha vida e pelo milagre que recebi neste ano.

Então fechei os olhos e sentindo uma imensa nostalgia, desejei que as lembranças me transportassem para os dezembros luminosos, onde as chuvas com o calor do sol fazem a vegetação alcançar o seu esplendor tornando-o o mês mais bonito do ano.

Porém, em vez das lembranças, um calafrio percorreu o meu corpo, me fazendo tremer de frio. Ao mesmo tempo, senti sono, então retornei para a minha cama, pois ainda era cedo e dormir um pouco mais me faria bem.

Deitei-me, mas antes coloquei as músicas da minha *playlist* para tocar. Elas me ajudavam a pegar no sono. *Hallelujah* começou a tocar e, como um acalanto, alguns segundos depois, me fez dormir.

– *É você, mulher, quem deseja visitar os seus dezembros? Eu estou aqui para fazermos isso juntos.*

O moço que, de alguma maneira, entrou no meu quarto, estava sentado ao lado da minha cama. Eu não tive medo, mas uma paz muito grande porque senti um *déjà-vu*, como se eu já o conhecesse, principalmente quando olhei para os seus olhos. Então, com um sorriso, eu disse:

– *Vamos!*

– *Que bom! Só quero lembrá-la de que você não poderá interagir com o seu passado e eles não nos verão!*

Sem medo do que poderia acontecer, saí da minha cama e o acompanhei, mas estranhamente eu não andava, flutuava. Abri a porta da sala, saímos ao ar livre, passamos entre os ipês e fomos encobertos por uma névoa.

Instantes depois, eu senti cheiro de tinta e percebi uma intensa movimentação. Nós estávamos em 1971. Papai pintava a casa todos os anos em dezembro, enquanto mamãe se incumbia em organizá-la fazendo a mais linda decoração Natalina para que tudo ficasse perfeito e ainda arrumava tempo para confeccionar uma linda estrela decorativa, presente que eu daria à professora no último dia de aula.

– *Seus pais eram esforçados!* – observou o moço.

– *Sim, nós vivíamos com muito pouco, mas havia muita alegria. Eles faziam tudo por nós. No domingo que antecedia a chegada do Natal nós já tínhamos surpresa, pois a empresa onde papai trabalhava distribuía presentes para os filhos dos funcionários. Eu e o meu irmão, Ademar, levantávamo-nos cedo naquele dia para receber os presentes. Nós não tínhamos o costume de fazer a ceia de Natal. No dia 24 dormíamos cedo e aguardávamos ansiosamente pelo amanhecer para ir ao lado do presépio, onde deixávamos os nossos sapatinhos para ver o presente que o Papai Noel havia trazido. Eu nunca me esqueci do Natal que nós encontramos uma boneca loira de cabelos longos e um caminhão de madeira.*

– *Seus olhos estão brilhando, mulher! Você deve ter muitas saudades desse tempo!* – comentou o moço.

– *Sim, eu tenho, mas o tempo passa, as pessoas vão embora e tudo muda. Vamos ver o presépio?*

Segurei na mão do moço e o levei até a copa, no lugar onde mamãe o colocava sobre o tabuleiro de futebol de botão do meu irmão e o cobria com feltro verde para esconder as marcações.

– *Veja, o presépio está completo!* – eu disse.

– *Ele era imenso!* – disse o moço, admirado.

– *Sim. Veja os patinhos colocados sobre o espelho para simular um lago, o pó de serra tingido de verde para simular a grama, os carneiros, os bois, os pastores, os reis magos, o anjo Gabriel e veja, tinha até um galinho – eu disse empolgada.*

– Não, mulher! Não toque! – alertou-me o moço no instante em que eu tocaria no presépio, e continuou dizendo:

– Nós não podemos demorar muito. Olhe ali, o Natal de 1974. O que aconteceu que vocês estão chorando?

– Foi o primeiro Natal sem ela, minha avó Maria, minha madrinha, a pessoa que mais influenciou a minha vida. Ela partiu tão cedo! Eu tinha apenas onze anos, por isso nós estamos chorando!

– Mulher, todos nós pertencemos ao Pai, temos o dia de chegar e o dia de partir e ninguém deveria chorar quando uma pessoa querida volta à casa do Pai.

– Eu sei disso, moço. Mas é impossível não se emocionar com a dor da separação! – ele me deu um abraço de compaixão e continuamos a nossa jornada.

– Olha lá! Você já é uma moça! Tem festa e quanta gente!

– Sim, foi o Natal de 1978. Mamãe preparou uma grande festa. Vieram muitas pessoas. Foi um Natal bem divertido.

– Veja aquele outro Natal. Você está chorando e está chovendo! Que lugar é aquele?

– É um ponto de ônibus. Eu fui obrigada a trabalhar até tarde na véspera do Natal de 1982. Eu era jovem e sonhadora! Queria ter comprado presentes para as pessoas, roupas para mim, mas eu havia recebido o meu abono de Natal somente naquela tarde e não daria tempo de fazer mais nada. Então eu me questionava se valia a pena me sacrificar tanto assim para pagar os estudos.

– E valeu a pena?

– Sim, valeu. Se eu voltasse naquele dia, eu diria para mim mesma que não chorasse, pois eu tinha a minha família e eles a mim e não precisávamos de presentes porque já tínhamos tudo!

Ele sorriu, ao ouvir as minhas palavras, então, olhando um pouco mais adiante, disse:

– *Vamos para outro dezembro? Que lugar maravilhoso é esse?* – o moço estava encantado.

– *É a Igreja Matriz de Nossa Senhora Mãe dos Homens, um lugar sagrado. Eu pertencia ao grupo de jovens e todos os dezembros eram bem agitados, fazíamos novena de Natal, ajudávamos na decoração da igreja e participávamos da Missa de Natal. Mesmo depois que deixei de participar do grupo de jovens eu ia todos os anos à igreja para ouvir a mamãe cantando no coral. Era o melhor lugar para celebrar o Natal.*

Ele sorriu. Caminhamos um pouco mais e ele disse:

– *Veja aquela casa! Ela é diferente da que nós estávamos! É dia de Natal e mais uma vez você está chorando...*

– *Foi o Natal de 1990. Papai havia falecido e o meu filho havia me deixado no segundo mês de gestação. As lágrimas eram de tristeza!*

– *Mulher, seu pai, apesar da pouca idade, já tinha cumprido a sua missão, porém, um ano antes, Deus havia dado a você o Miguel, o seu marido, seu companheiro da vida; e quanto ao seu filho, ele só veio para ajudar naqueles meses de provações, depois que tudo passou ele precisou voltar. O lugar dele não era neste mundo!*

– *Você tem razão, moço! Mamãe estava muito triste e desde que papai partiu, eu me apeguei a ela e nunca a deixei sozinha! Meu filho, algumas vezes eu sinto a sua presença, mesmo sem ele nunca ter nascido para este mundo!*

Sorrindo, mais uma vez ele me deu um abraço terno e disse:

– *Vamos, mulher! Ainda temos muito para visitar. Olha ali, quanta alegria! Quem é aquela menininha olhando para o presépio?*

– É a Geovana Maria, minha sobrinha e afilhada. Como um bálsamo em minha vida, ela veio para me trazer alegria e preencher o vazio que eu tinha dentro de mim por nunca ter cuidado de uma criança!

– Você está vendo como o Pai sabe de tudo e na sua inefável ternura dá aos seus filhos tudo aquilo que eles precisam. Na vida nos deparamos com tristezas, mas nada é perene. Os dias felizes também existem.

– O que aconteceu em 2011? Você está tão perdida...

– Mamãe teve a sua mente afetada após um AVC. Para mim aquele momento foi mais difícil do que quando ela partiu para sempre. Eu estava acostumada com as suas orientações, com os seus conselhos e infelizmente nem o presépio eu encontrei naquele ano. Ela não conseguiu dizer onde o havia guardado!

Percebi que os olhos azuis do moço que se encheram de lágrimas quando me disse:

– Mas, mesmo assim, naqueles anos difíceis você reuniu forças e continuou comemorando o Natal.

– Sim, eu fazia questão de pegar o que sobrou do presépio e colocar no melhor lugar da casa. Desde 2012 eu me tornei a sua guardiã, mas hoje ele se resume a José, Maria e o Menino Jesus.

– Vamos, mulher, ainda temos mais a percorrer. Que árvore de Natal linda! Que lugar é esse?

– É a minha casa, onde você foi me buscar! Eu fui morar lá em dezembro de 2016 com o meu marido depois que mamãe faleceu. Eu quis fazer a vontade dele. É um lugar tranquilo para uma senhora aposentada como eu. E a árvore de Natal é mérito da irmã que a vida me deu, Edilaine. É ela que a decora todos os anos.

– E como têm sido os seus natais na nova casa?

– Eu coloco o presépio todo ano no lugar principal, eu preparo o almoço assim como mamãe preparava para a minha família. Sabe, moço, eu sempre sonhei em ter uma grande família, uma casa lotada de filhos e, nessas alturas da vida, até netos, mas isso não aconteceu e eu não me entristeço. Somos poucos na mesa de Natal, mas nos amamos muito!

– O amor é tudo! Sem ele nada importa. Mas agora você precisa voltar para a sua casa! Daqui a pouco terá que acordar para terminar de montar o presépio!

– Tudo bem! Vamos e obrigada por ter atendido ao meu desejo! Mas...

*– Mas o quê, mulher? Diga.*Ansiosa, com medo de ofender aquele moço solícito, cuja presença me preenchia com alegria inefável, resolvi arriscar. Ele entenderia que a minha memória já não é mais a mesma, então eu disse:

– Não fique zangado comigo, mas... quem é você?

O moço riu, e com olhar de ternura disse:

– Sabe, mulher... eu fico feliz por você não se lembrar de mim.

Achando estranho o seu comentário, eu disse:

– Eu sabia que já conhecia você, tanto que não titubeei em fazer esse passeio. Mas, ninguém fica feliz quando a outra pessoa não se lembra dela!

– No meu caso, se você se lembrasse de mim, voltaria a sua mente para tudo o que viveu e não teria se recuperado tão rápido assim.

– Eu não estou entendendo! – disse confusa.

– Eu pedi ao Pai que apagasse toda a sua memória daqueles 40 dias que eu a acompanhei na UTI neste ano. Foi melhor assim!

Lágrimas brotaram nos meus olhos e correram pela minha face. Então eu disse:

– Eu tive muito medo da Covid. Recordo-me de que um dia eu pedi a Deus que se alguém da minha família tivesse que passar por isso, que fosse eu! Eu não teria estrutura para passar pelo que eles passaram enquanto eu estive lá! Mas eu nunca imaginei que tivesse ficado tão doente assim a ponto de quase perder a vida.

– Você ficou muito doente, mas foram tantas as súplicas, tantas as preces, tantas intercessões por meio da minha Mãe, que o Pai lhe concedeu esta graça para que testemunhe o seu poder. Mulher, você é um Milagre de Deus!

Chorando, mas notando que ele parecia estar apressado, pois já se afastava de mim, eu disse:

– Eu sei disso, mas ainda não me respondeu: quem é você?

– Mulher, você deveria saber! Agora eu tenho que ir, muitos clamam por mim! E nunca se esqueça do amor que o Pai tem por você e que o Natal deste ano seja o melhor da sua vida, pois você renasceu num milagre.

Assim, o moço foi se afastando de mim até desaparecer entre a névoa.

Segundos depois, acordei do meu sonho bom e ainda sentia aquela alegria inefável. Levantei-me e fui terminar de organizar o presépio e ao olhar para os olhos do Menino Jesus, percebi que eram iguais aos do moço que me acompanhou na visita aos dezembros da minha vida.

Então tive a certeza de que Jesus Cristo, o menino do presépio que me acompanha em todos os meus dezembros, esteve, está e estará sempre comigo.

A magia do Natal em família

Por Hélio Clemente Fernandes

Viver em família é viver o espírito de Natal. Os pais são aqueles que cuidam dos filhos mesmo antes desses chegarem ao mundo. Nos dias frios, o agasalho, nos momentos adequados a refeição, e em todos os instantes a doação, o amor. Conscientes dessa realidade, que só pode ser vista com os olhos do coração, papai Hélio e mamãe Nanda buscavam em tudo educar os filhos para serem felizes.

Foi num ambiente assim, de simplicidade e amorosidade, que os irmãos Nath e Theus, pouco a pouco, cresciam em graça e sabedoria. Num clima de respeito, de amizade e de reciprocidade, os irmãos valorizavam as datas comemorativas, afinal, comemorar é acreditar que o dia vindouro será sempre melhor. Das datas festivas, a que mais lhes chamava a atenção era o Natal. Por isso, durante o ano todo – os *frateli* – costumavam perguntar para mamãe Nanda:

– Falta muito para chegar o Natal?

Gentilmente e afetuosamente, a mamãe Nanda aproveitava para dar uma aula acerca do calendário enquanto explicava aos filhos sobre o tempo das preparações para o Natal. A bem da verdade é que os irmãozinhos gostavam muito de enfeitar a árvore de Natal. Vez por outra, sem rodeios, um dos dois perguntava:

– Mamãe, quando poderemos ajudar nos preparativos para receber o Papai Noel? Já podemos enfeitar a árvore de Natal?

Carinhosamente, o papai Hélio intervia para ajudar na compreensão de que era necessário esperar um pouco até que o dia festivo chegasse.

Nesse panorama, num ambiente familiar, chegou a hora dos preparativos para o Natal. Numa bela manhã, com tudo arrumado para receber o Papai Noel, durante o café, ao redor da mesa, o quarteto familiar iniciou a conversa sobre os sonhos que tiveram. A mamãe descreveu o seu sonho em detalhes enquanto o papai Hélio, Nath e Theus escutavam atentamente. Depois, chegou a vez da Nath e do Theus revelarem seus sonhos. Theus teve um sonho que ficou bem próximo de um pesadelo. Por fim, chegou a vez do papai Hélio falar sobre o seu sonho. Esse fez um pouco de jogo de cena e logo declarou:

– Eu sonhei com o papai Noel. Sonhei que ele veio nos visitar e entrou pela chaminé da churrasqueira que fica lá no salão de festa. Ele queria dialogar com todos nós.

Nesse instante, as crianças demonstraram muita surpresa e admiração. O papai Hélio continuou a revelar o seu sonho:

– Diante do papai Noel, aproveitei para pedir a ele uma explicação sobre o que é o Natal. Pedi autorização para acordar cada um de vocês para que todos conversássemos com o bom velhinho, que, após dar um sinal positivo, para minha alegria, começou a falar sobre o verdadeiro significado do Natal:

– O Natal é um tempo de pensar naquilo que mais importa na nossa vida que é o amor. O Natal é o tempo de renascer para o amor, de torná-lo ainda maior e melhor. Do contrário, não faz sentido algum comemorar o Natal. O amor nos aproxima de quem somos. O amor é a força que une pessoas diferentes.

O Natal é um tempo de se reunir em família, de cultivar a paz, de semear gratidão; elementos fundamentais para edificar uma vida feliz. O Natal é tempo de abrirmos os nossos corações para o outro, para o transcendente, para o mundo.

Após escutar do Papai Noel que é feliz quem escolhe ser melhor, a cada dia, para si, para o outro e para o mundo. Eu, papai Hélio, senti a magia do Natal tomando conta da minha vida e de todo o ambiente. Trata-se do amor que tudo transforma. Assim, naquela noite de Natal o maior presente que a nossa família recebeu foi um EU TE AMO compartilhado. Mamãe Nanda, papai Hélio, Nath e Theus olhavam-se com os olhos marejados pelo amor e falavam com entusiasmo:

– Obrigado, Papai Noel, pela magia do Natal. Eu amo minha família.

Consequentemente, o Papai Noel se alegrou em ver uma família tão amorosa e, por isso, continuou a falar:

– É pelo amor que nós nos conhecemos e nos unimos, dedicadíssimos pais, Hélio e Nanda. Famílias que se amam são felizes. O amor é o alicerce da família, é a base da humildade, da virtude, da esperança e da paz. Compreender a ligação profunda entre Natal e amor é a chave da sabedoria, sábia Nath. O amor é fecundo e prodigioso. É por ele que nos surpreendemos diante das coisas simples da vida. É com o olhar plenificado pelo amor que conseguimos olhar o mundo, o outro e a nós mesmos, caríssimo Theus! Somente quem ama é capaz de caminhar para dentro do seu próprio eu, ressignificando a sua vida e todo o seu entorno, mamãe Nanda. Nós somente podemos amar aquilo que conhecemos. Somente quem é capaz de se encarar será capaz de dominar a euforia travestida de felicidade.

E, nessa esteira, entre uma explicação e outra, papai Noel volta o seu olhar para o papai Hélio e diz:

– Eu sei que você gosta de viajar, porém a maior viagem que podemos fazer é para dentro do nosso próprio eu. O mecanismo para realizar esse processo apaixonante é o amor. Ninguém é perfeito e o amor é o único instrumento que nos possibilita desarmar o outro e ver o que ele é em sua essência. O amor é reciprocidade na qual a intensidade é revelada. As potencialidades de qualquer ser humano são capacitadas a partir do amor verdadeiro.

Ao ouvir isso, mamãe Nanda interrompeu o bom velhinho e falou em uma tonalidade apaixonante.

– Essa sua explicação, Papai Noel, me fez lembrar da música: “Onde reina o amor, fraterno amor, Deus ali está.”

– Muito bem, mamãe Nanda! A família toda se alegrou com tal melodia.

Nisso, Papai Noel olhou com profundidade nos olhos de cada membro da família e continuou sua explicação acerca do significado verdadeiro do Natal.

– O Natal é tempo de amar e o amor cura as feridas emocionais. Ao devolver o equilíbrio da afetividade, o amor prepara o ser humano para tomar as decisões mais importantes em sua vida. O amor nos liberta de nossas fantasias, dos papéis sociais, das máscaras, das carências, dos nossos disfarces e desculpas esfarrapadas para não ser feliz. Por tudo isso, é importante insistir: “o Natal é tempo de amar, de arejar a nossa vida interior com o perfume da gratidão”. É tempo de limpar as peças da caça que estão malcheirosas com o poder curador do perdão. Ninguém é perfeito. As feridas existem, entretanto elas precisam ser curadas com o poder do amor que é fonte de aconchego, de mansidão, de reconciliação, de união e de paz.

Emocionada por essas palavras, Nath, com sensibilidade, aproveita para lembrar:

– Há muitas pessoas que sofrem por não terem o pão. No entanto, também existem aqueles que têm o pão em fartura, mas sofrem por falta de amor e de paz. Papai Noel, desejo que, neste Natal, todos possam sair um pouco da frente da televisão, do celular, pois esses instrumentos manipulam e nos deixam "menos inteligentes" o suficiente.

Abraçada em Nath, a mamãe Nanda complementa:

– Linda a sua observação, filha do meu coração. Que o espírito do Natal nos ajude a nos libertarmos da "falta de saber", pois o filósofo Sócrates, há mais de 2.500 anos, nos ensinou: "A ignorância é a origem de todos os males".

Em sinal de concordância, o Papai Noel acena em aprovação e continua sua explanação:

– O orgulho é um grande empecilho para uma vida autêntica e de autoconhecimento, pois ele leva a pessoa a se achar perfeita e a ver falhas somente no outro: "Eu não faço isso"; "Eu não sou como ele" etc. O Natal é tempo de caminhar com humildade, de enfrentar situações delicadas, de perdoar os outros e o mais difícil: de perdoar a si mesmo. Somente seremos livres das imposições externas quando deixarmos a sabedoria adormecer em nós e plenificarmos nossa existência pelo amor. Só pode ser feliz quem ama, afinal, fomos criados pelo amor e para o amor.

Ao ouvir sobre a relação entre felicidade e amor, o papai Hélio acrescenta:

– Segundo o filósofo Aristóteles, somente a felicidade é buscada nela mesma, isso é finalidade última de todas as ações humanas.

– Muito bem, papai Hélio – diz o papai Noel enquanto continua sua explanação:

– Os fracos são violentos, orgulhosos, arrogantes e inquietos, por isso, são infelizes. Esse é o modo desesperado deles clamarem por ajuda. O que todos desejam é serem acolhidos, tratados com respeito, com dignidade, com amor. Mais cedo ou mais tarde, todos descobrem que são limitados fisicamente, socialmente, psiquicamente, espiritualmente, culturalmente. Nesse momento e num exercício de humildade é o amor que nos faz seguir adiante, a continuar apostando na criatividade, na reciprocidade com os familiares e amigos e, portanto, amados, motivados e aceitos. É o amor que nos faz superar nossas limitações, nossas fraquezas.

Ao escutar isso, de maneira respeitosa, Theus interrompe o "bom velhinho" e pergunta:

– Se todas as pessoas gostam de se sentirem amadas, por que nem todas estão dispostas a amar?

– *Caspita!* – Pego de surpresa por um questionamento tão perspicaz, o Papai Noel volta seu olhar para o curioso Matheus e com mansidão começa a responder:

– Theus, eu sei que você é um filho bem amado e isso é o que te faz entender bem o que eu digo: Ninguém dá o que não têm. Só quem se ama é capaz de amar. Infelizmente, existem muitas pessoas que ainda não conseguiram pacificar a própria vida para se tornarem portadores da paz e do amor. Além disso, tenho observado em cada lugar que chego que a humanidade se encontra carente de amor. Que, neste Natal possamos nos elevar em direção ao amor e, desse modo, eliminar a inveja, a maldade, a ira, o orgulho, o desânimo e a falta de fé. Nós fomos criados para amar e sermos amados, independentemente de nossa condição social, crença, etnia ou cultura.

Enquanto o Papai Noel falava, os membros da família abraçados escutavam vislumbrados. Entenderam bem que, para amar o outro, antes é preciso se amar. Nunca haviam escutado alguém lhes falar do Natal numa perspectiva familiar e amorosa. Diante de tantas expressões de harmonia e satisfação, o Papai Noel acrescentou:

– Pelo amor, elevamos o nosso ser e melhoramos a nossa autoestima, a nossa solidariedade; pelo amor construímos nossas amizades e nossa família; pelo amor fazemos a partilha das emoções; pelo amor transformamos o nosso lar em um espaço de encontro. Uma pessoa, para compreender os problemas dos outros, deve ser efetivamente madura, deve sentir a magia do Natal, do contrário corre o risco de se tornar um ser infeliz.

Maravilhados, a família viu o Papai Noel sair pela chaminé da churrasqueira, enquanto dizia:

– *Auguri*. Parabéns para a família de vocês. Continuem a cultivar a paz e o amor... nós colhemos o que plantamos! O amor cura todas as feridas! Sejam felizes!!! Feliz Natal!!!! Ho! Ho!! Ho!!! Ho!!!!

Depois de tudo isso, papai Hélio acordou e estava caído no chão enquanto o restante da família repousava nos lençóis macios em cima da cama. Nas vésperas de Natal, outra vez a família pernoitara reunida no mesmo ninho. Isso já fazia parte do costume de esperar o Papai Noel. Assim sendo, esparramado no chão, o papai Hélio percebeu que todo o ocorrido – por mais real que possa parecer – não passou de um belo sonho.

O enviado

Por Nanci Otoni

Errei feio com você, minha doce e adorada Soraya. Foram 15 anos de convivência jogados no lixo por causa de uma maldita expressão ofensiva dita por mim. Saíra da minha boca sem querer. Eu me encontrava num momento de raiva e descontrole emocional por causa de um incidente que não tinha nada a ver com você. Estava aproximando naquela época o Natal. Minhas palavras entraram no mais íntimo do seu ser, deixando-a muito magoada comigo. Você estava com toda a razão em brigar e abandonar à míngua este cara estúpido e insano que lhe fala e, ao mesmo tempo, implora pelo seu perdão num som inaudível e quase em oração. Nem mesmo eu me perdoaria por causa da tamanha ofensa e humilhação por que fi-la passar. Você estava certíssima quando fez sua mala, abriu aquela porta e bateu o pó do sapato no tapete enquanto se dirigia para a rua sem ao menos olhar para trás. Eu fiquei estático e sozinho naquele apartamento, consumindo-me em pensamentos perturbadores, culpa e arrependimento. Eu não conseguiria viver sem você e disso eu tinha certeza. Juramos amor eterno perante o altar e, agora, via o meu castelo de sonho, amor e fantasia a desmoronar. "Como fui estúpido...".Já eram mais de três horas da madrugada, e eu não conseguia dormir. As lágrimas teimosas rolavam pela minha face e não havia uma alma sequer para me consolar. A angústia tomava conta de todo o meu ser e pensei em me matar. "Não, isso não! Você voltará..." A dor continuava intensa e mais uma vez me veio à mente o desejo de me suicidar. "Acabo com todo esse sofrimento de vez... Ninguém vai se importar!". Tudo acabou para mim, quando você dobrou aquela esquina.

Fui até o armário da cozinha e peguei as chaves do carro, abri a porta devagarinho e me encaminhei para a garagem. Lá, bem em frente ao portão, encontrei um animalzinho caído. Não sabia se estava vivo ou se estava morto. Não senti pena, não senti nada; apenas o invejei e o arredei para um canto a fim de que pudesse passar com o carro. Entrei no automóvel, coloquei em ponto morto igual ao bicho, dei a partida e saí de lá no automático. Não fechei a garagem, para não me deparar novamente com o animal e segui o meu caminho rumo à morte. A criatura estava como eu queria estar naquele momento. Dirigi-me como um autômato à famosa ponte dos suicidas, que ficava próxima da minha cidade. Rodei alguns quilômetros, liguei o rádio e escutei uma música Natalina. Foi então que me lembrei de que não havia feito nenhuma caridade naquele ano. A consciência pesou, virei o carro e voltei para casa. O animal estava no mesmo lugar onde o deixei. Toquei nele assim que desci do carro e percebi que ainda estava vivo. "Coitadinho..." Levei-o para dentro da minha casa, coloquei-o na minha cama e comecei a admirá-lo. Fiquei por horas ali sem saber o que fazer, apenas olhando para ele, mas o bicho não emitia sequer um ruído e nem tampouco abria os olhos.

Amanheceu... o que fazer com ele? Estava jogado naquela cama como se estivesse morto. O som lá na rua me lembrava de que era véspera do Natal... então, chamei um veterinário. O animalzinho não reagia à agulhada, ao soro que corria em suas veias e nem as ataduras que eram colocadas nas feridas. Parecia morto, mas ainda conservava os sinais vitais. O veterinário receitou para ele alguns remédios, cobrou-me o olho da cara por ter vindo à minha casa e sugeriu que o internasse, entretanto não me deu nenhuma esperança de sua recuperação. O fato de eu ter sido egoísta o ano todo e o bicho precisar de mim naquele momento meu deu vontade e ânimo para cuidar dele. Se escapasse com vida, eu estaria redimido com o Divino mesmo com a ideia de suicídio na cabeça. "Ele há de compreender e de me libertar." A partir daquela hora, comecei a cuidar do animal com toda dedicação. A tarde caiu, a noite chegou, o dia amanheceu de novo e eu ainda estava sentado olhando para o convalescente que não reagia. Saí para fazer alguma coisa, mas não lembro o quê. Quando voltei para o quarto, o animalzinho estava noutra posição e continuava vivo. Fiquei feliz e, ao mesmo tempo, desesperado. "O que fazer com ele na nossa casa se eu não tinha mais você?" Éramos dois bichinhos feridos, abandonados e jogados ao vento sem você para cuidar da gente. Lembrei-me de que o Natal urgia e que manter o animalzinho vivo seria a minha última caridade nesta terra. Talvez isso fosse levado em conta na hora de expurgar os meus pecados. Cinco dias se passaram sem qualquer reação aparente do bicho, mas notei que o remédio estava fazendo efeito. As feridas estavam cicatrizando. "Por que ele continuava como morto?", "estava a brincar comigo?", "Parecia..." Meio sem jeito, sentei-me ao lado dele e o toquei delicadamente. Acho que ele abriu um pouquinho um dos olhos... não sei... acho que abriu. O importante é que aquele serzinho ainda estava vivo. A noite caiu e fomos dormir.

Acordei bem cedinho no dia seguinte e busquei um pouco de água da Fonte de Água-Viva que abastecia a cidade. Segundo o povo da cidade, a água era miraculosa e capaz de fortalecer e revitalizar um corpo doente. Sendo assim, eu tinha esperança de que ela salvasse o animalzinho. Coloquei um pouco daquela água pura e translúcida numa vasilha ao lado dele e saí do quarto. Depois de algumas horas, voltei e vi que a água estava derramada. Ele havia bebido um pouco do líquido, e isso era muito bom! Os olhos dele estavam me olhando enternecidos, e eu achei que era de pena. Não queria que sentisse pena de mim. Saí do quarto e demorei pra voltar. Estava muito zangado e não sabia o porquê. "O que o bichinho fez para me deixar assim?" Não sabia... voltei ao quarto e o encontrei dormindo mais tranquilamente. Pensei em colocá-lo na rua. Assim era melhor... não teria responsabilidade nenhuma sobre ele. Já havia feito a minha parte no acordo com Deus. Eu ia morrer mesmo... A vizinha cantou uma música de Natal, e o meu coração se comoveu mais uma vez. O bichinho ainda necessitava de cuidados. Não podia abandoná-lo ao léu como a Soraya havia feito comigo. Seria raiva, e isso eu não poderia sentir dela, se fui eu quem errou. Sentei-me novamente ao lado dele e me pus a contemplá-lo. Balbuciei a música de Natal que Soraya mais gostava no ouvidinho do doentinho. Percebi que a natureza foi muito caridosa com ele. Mesmo sujinho e bastante estropiado, estava muito bonito! Fiquei nesse estado contemplativo por muito tempo. Acho que adormeci... quando acordei, o convalescente me olhou docilmente como se estive me agradecendo. Fechei os olhos novamente e voltei a dormir. Não queria ver aquele olhar. Eu me recusava a encontrar o olhar dele.

Faltavam dois dias apenas para o Natal quando o doentinho andou pela cama. Ele quase caiu, mas não parava de me olhar e de me seguir. Lembrei-me de que eu não comia nada há um bom tempo; olhei dentro da geladeira e ela estava quase vazia. Se você, Soraya, ainda estivesse aqui, brigaria comigo por não vir o gordo peru ali no *freezer*. Por isso, saí para fazer algumas compras. Comprei muitas iguarias gostosas que você sempre exigia de mim nesta época do ano. Aproveitei e trouxe-lhe alguns presentes também. Tinha esperança de passar o Natal com você. Sabia que era impossível, que você foi embora sem dizer adeus, sem olhar sequer para trás, mas tinha esperança... comprei um lindo vestido azul para você, que combinaria perfeitamente com os seus olhos. Lembrei-me também do animalzinho... trouxe para ele um cachecol e também um pouco de patê de atum. Ele merecia. Além de me motivar a fazer a última caridade do ano, eu ainda permanecia vivo. Devia isso a ele. Não sei se seria bom para mim. Havia perdido o amor da minha vida. Fui para casa depois das compras e encontrei o bichinho de pé ao lado do pinheiro que ainda não estava enfeitado. Se você estivesse aqui comigo, com certeza, a nossa árvore de Natal já estaria toda montada, vistosa; cheia de vida e de luzes. O animal chegou bem pertinho de mim, passou o rabinho na minha perna, olhou-me novamente e parecia sorrir. Será que queria me alegrar? Estava feliz pelo que eu estava fazendo por ele? "Pare de pensar assim, seu tolo! Não fez nada mais do que sua obrigação!", disse para mim mesmo.

Um dia antes do Natal, sentei no chão para fazer um carinho nele. Correspondeu ao meu agrado e até acho que gostou bastante. Coloquei nele o cachecol que comprei e o aconcheguei em meus braços. Dei-lhe um pouco do patê, e ele deu apenas uma lambidinha. Parecia estar mais interessado no meu cafuné. Ele era muito lindo e me olhava com ternura. Naquela altura dos acontecimentos, queria ficar com ele... com certeza, você ficaria muito feliz ao encontrá-lo aqui. Sempre quis um bichinho, mas eu relutava em aceitar. "Como fui estúpido!" Sempre dava a desculpa de que morávamos em apartamento. Apartamento não é lugar de bicho. Sabia que a companhia dele estava me fazendo muito bem, e dormi naquela noite bem mais tranquilo.

Acordei feliz no dia seguinte. Afinal era dia de Natal e alguma coisa me chamava novamente para a vida. Não tinha mais vontade de morrer. "Muito estranho..." Não encontrei o meu companheiro de solidão deitado na minha cama. Onde estaria? Lembrei-me de que não fechara a porta da cozinha na noite anterior e levantei rapidamente da cama. Nesse momento, a campainha tocou. Fui até a porta da rua onde alguém esquecera o dedo na sineta e abri sem olhar e sem perguntar quem era. Estava muito preocupado com o amigo enviado; o meu presente de Natal antecipado. Você entrou, abraçou-me, disse que não conseguia viver sem mim e que me perdoava. Fiquei boquiaberto e quase não acreditei... sem dizer uma única palavra, segurei sua mão e a conduzi até a porta da cozinha. Deparei-me com o gato em cima do muro a me olhar. Parecia estar tão feliz quanto eu naquele momento e até esboçou um sorriso. Enquanto eu abraçava e beijava você, o meu salvador deu uma piscadinha e foi embora para sempre da minha vida. Se eu ainda estava vivo e nos seus braços, fora graças àquele enviado que me resgatou... "Que bom que você me perdoou, meu amor!"

Noite santa

Por Luís Lemos

Era noite de vinte e quatro de dezembro, véspera de Natal. Fazia um calor terrível na capital do Amazonas. E aquele homem permanecia ali, em pé, na porta da igreja Nossa Senhora de Nazaré pedindo esmola.

Todos que por ali passavam, com sua própria pressa e problemas, sequer davam atenção àquele pobre homem, naquele começo de noite de Natal. Depois que todos se aconchegaram no interior do templo sagrado, aquele homem começou a chorar copiosamente.

Mas por que aquele pedinte chorava numa noite de alegrias, em que todas as famílias começavam a se unir, as crianças contentes e ansiosas à espera de seus presentes, as donas de casa na cozinha preparando os quitutes para a ceia de logo mais, o odor inebriante dos assados que começavam a pairar pelo ar, as milhares de luzes Natalinas que iam acendendo uma a uma, com seu mágico colorido, o corre-corre dos atrasados carregando os presentes de última hora?

Em determinado momento, em meio à indiferença de todos, um homem de aparência simples, diferente de todos aqueles que estavam dentro da igreja, mas com um ar de sabedoria exponencial e um humanismo cheio de paz, se aproximou do pedinte, sem qualquer cerimônia, pudor ou nojo – e até com um certo grau de intimidade – sentou-se ao seu lado e perguntou a ele:

– Meu amigo, por que estás chorando? Posso ajudá-lo de alguma forma?

– Não senhor, ninguém pode me ajudar. Mesmo assim obrigado pela preocupação.

– Tudo bem! – respondeu aquele homem. – Mesmo assim, gostaria de saber o que está acontecendo, e porque está tão triste.

O homem relutou, mas como se necessitasse desabafar, enxugou seu rosto e começou a falar.

– Eu nem sei mais o meu nome. Sei que me chamam de pedinte, mendigo. Tenho dignidade. Não pego nada do que é dos outros... Falou, falou, falou. Em questão de minutos contou toda a sua vida, que não era longa, mas triste.

Disse que tinha 18 anos, era casado, tinha dois filhos pequenos, que estava desempregado, que morava num casebre no outro lado da cidade e que catava latinhas de alumínio para levar alguma comida para casa. E o homem continuou:

– Como eu lhe disse, eu tenho uma família linda que adoro e hoje pela manhã meu filho de cinco anos me deu uma cartinha que escreveu para o Papai Noel.

O rapaz coloca a mão no bolso, tira a carta já amarrotada, talvez de tanto abri-la e entrega ao seu confidente. Aquele homem toma a carta e se emociona ao ler.

– Entendeu agora, meu senhor, porque as minhas lágrimas? Um pai que não consegue nem dar o mínimo na noite de Natal para a sua família não merece existir.

Aquele homem, com os olhos marejados, se recompõe, se levanta, estende sua mão em direção ao pobre rapaz e diz:

– Sim, compreendo, mas por que você está aqui sentado e chorando?

Depois de um longo silêncio do interrogado, continuou aquele homem:

– Levante-se! Não perca a fé! Entre e vamos rezar.

– Pai Nosso que estás no céu... – e o homem repetia:

– Pai Nosso que estás no céu...

– O pão nosso de cada dia nos dai hoje...

– O pão nosso de cada dia nos dai hoje...

E assim continuaram!

Depois de mais de uma hora de oração, o mendigo pergunta àquele homem:

– Essa celebração não vai acabar, não?

– A celebração de Natal é longa. Ela conta toda a história do povo de Deus, até o nascimento do Menino Jesus. Você acredita ou não em Deus?

– Claro que sim. Só não gosto de oração comprida demais!

– Nem eu.

Os dois riram baixinho.

– Tenho que ir. Meus filhos já estão preocupados.

– Eu te acompanho.

– Não precisa.

– Faço questão. Somos ou não somos amigos?

– Claro que sim! Você foi a única pessoa que parou para me ouvir durante todo esse tempo que estou na rua.

Chegando em sua casa, onde sua família já angustiada o aguardava à porta, aquele homem despediu-se e saiu.

Na cozinha, sobre a mesa, o rapaz viu assados quentinhos, frutas, sobremesas, doces, guloseimas em geral e até presentes para as crianças.

– Quem nos deu tudo isso?

– Foi um homem que deixou aqui para você.

– Que horas foi isso?

– Mais ou menos há uma hora.

E o rapaz entendeu que naquela hora ele estava na igreja, orando. A esposa não cabia em si de tanta alegria e as crianças vibravam com os brinquedos novos. Com as mãos levantadas aos céus, ele agradecia:

– Muito obrigado, meu Deus! – E continuou:

– E tem gente que não acredita em milagres.

Agora, com a família em volta da mesa, rezavam juntos, com vozes efusivas das crianças:

"Pai Nosso que estais nos Céus,
santificado seja o vosso Nome,
venha a nós o vosso Reino,
seja feita a vossa vontade
assim na terra como no Céu.
O pão nosso de cada dia nos dai hoje,
perdoai-nos as nossas ofensas
assim como nós perdoamos
a quem nos tem ofendido,
e não nos deixeis cair em tentação,
mas livrai-nos do Mal."

Espírito de Natal

Por Fernando Jaques G. de Almeida

Já passava das dez horas quando dona Cleonice tentava enfiar um galho de goiabeira em um vaso de plástico. Na realidade, um balde de plástico que pegou no lixo. Ela pediu para o filho mais velho, Cleovaldo, encher o vaso com areia da pracinha do outro lado da rua, o que foi feito com dedicação.

Ela enfeitava a base do vaso com papel alumínio e alguns enfeites de Natal como bolas de plástico, Papais Noéis, renas, casinhas, trenzinhos e outros enfeites meio sujos e disformes, pois todo material procedia do lixo; resto de natais passados que o povo jogava fora e ela catava com cuidado para não estragar mais do que já estavam estragados os delicados enfeites.

Cleonice morava com seu marido embaixo de um viaduto em uma área nobre da cidade com quatro filhos. O seu barraco foi construído debaixo do viaduto por ser o único lugar que não chovia dentro de casa. Seu marido Claudiomiro era pedreiro e trouxe da obra um galho de goiabeira para fazer uma árvore de Natal e atender aos pedidos da filha Cleidiane, que vivia pedindo uma árvore de Natal igual a que viu na TV. A mãe não aguentava mais tanto choro e tanta reclamação por causa de uma árvore de Natal. O caçula também fazia coro com a menina, pedindo uma árvore de Natal. “Era uma aperreação só”, dizia a nordestina sentada debaixo do viaduto em um tijolo, enfeitando um galho de goiabeira com bolinhas do lixo de natais passados.

A vida era dura debaixo daquele viaduto, o barraco era feito de papelão e saco plástico de lixo preto aberto. O fogão a lenha era feito com alguns tijolos e uma trempe de ferro em cima, para esquentar as poucas panelas e a minguada refeição que insistia em acabar antes do fim do mês. Todos os que passavam de carro achavam engraçada aquela árvore de Natal tão esquisita, feita de um galho de goiabeira enfiado em um balde plástico, com enfeites meio sujos e disformes, bolas multicoloridas de plástico com tamanhos diferentes, o papel alumínio na base da árvore para tampar a terra preta e o péssimo estado do balde. Serpentinas coloridas rodeavam o galho da árvore, ela não tinha pisca-pisca, apesar de ter umas lâmpadas em volta que não funcionavam, e terminava com uma estrela com uma das pontas quebradas amarrada em cima do galho de goiabeira.

A filha Milda amou quando viu a árvore, que estava do lado de fora do barraco; o caçulinha bateu palmas de tanta alegria; todos indiferentes ao que os transeuntes pensavam; eram mundos totalmente diferentes e economicamente desiguais. O que a família do seu Claudiomiro não sabia é que bem ali perto eles estavam sendo observados, de todos os modos, inclusive de binóculos.

Do alto de um prédio de cobertura de estremo luxo em uma rua privativa, com seguranças de terno impecável na porta do condomínio, três crianças curiosas observavam a vida daquela família, principalmente os brinquedos simples e os tipos de brincadeira das criancinhas pobres, como eles se referiam aos filhos do seu Miro, como a sua esposa gostava de chamá-lo.

Era uma família aristocrática que observava, Charles lll era o mais velho, Elizabete era a do meio, e Eduard era o caçula, tinham as mesmas idades dos vizinhos pobres. Após os banhos de piscina na cobertura, os três tinham por hábito pegar os binóculos e ficar investigando a vida simplória das crianças moradoras de rua, riam de tudo, e de todos achavam graça entre eles, como: a árvore de Natal de galho de goiabeira, o carrinho de madeira sujo com rodas de tampinha de garrafa, pois faltavam algumas rodas originais, a boneca de pano faltando um olho e sem cabelo, pois os olhos eram de botão e se perdeu em alguma lata de lixo, o cavalinho de pau com cabeça plástica de porco, que o caçula brincava sem parar, as roupas estranhas que eles usavam; achavam muita graça em tudo que viam, comentando entre eles do alto da cobertura sem tirar os olhos do binóculo, da seguinte forma:

– Olha, Charles, o pequenininho correndo com um cavalo de pau com cabeça de porco que foi mal encaixada, ela caiu. Há, há, há, há, há... é muito engraçado – dizia Elizabete.

– Olha a árvore de Natal! Está entortando com o vento. Que coisa estranha... há, há, há, há, há... – dizia Charles III para seus irmãos do alto da cobertura, após o banho de piscina. O único que quase não falava nada, só ria e observava atentamente era o Eduard, o caçulinha, com seu binóculo.

Toda quarta-feira, os três eram levados pelo motorista ao clube mais famoso da cidade para praticar tênis, balé e futebol de salão infantil. Era a oportunidade de passar bem perto de carro para ver aquela estranha família. Elizabete fez um observou dizendo:

– Olha! Ela ganhou uma nova boneca, sem uma perna e sem vestido, mas tem cabelo, e muito engraçado. E ria com os irmãos.

– O cabeça de porco não lavou o rosto hoje, e a cabeça está presa com arame em um cabo de vassoura – disse Charles, rindo muito ao se referir ao caçulinha da família do seu Miro, como o pedreiro era chamado por todos os seus amigos. Eduard só ria para acompanhando os irmãos, e observava atentamente. Os dias passavam rápido e, com a proximidade do Natal, a cidade ficava toda enfeitada, as ruas com seu brilho ofuscante, as lojas, os prédios e todos os shoppings enfeitados para o Natal. A única coisa que não mudava era a vida no barraco da família do Miro, contrastando com a loucura que se tornou a cidade. Todos corriam muito para comprar os presentes de Natal, é a correria normal de fim de ano.

A família do condomínio de luxo não era indiferente a essa época, enfeitando a sala com uma enorme árvore de Natal. Ela tinha mais ou menos uns dois metros de altura, com suas bolas enormes e muitas luzes. Parecia que tinha saído de uma revista de modas ou de um anúncio de TV, com muitos presentes espalhados embaixo da árvore para toda a família. Era um sonho em ver aquela árvore, coisa fina de gente rica.

No sábado Elizabete e sua mãe saíram a pé para comprar algumas coisinhas de menina, como costumava dizer sua mãe para o seu marido, e assim se despediu de Charles III e os meninos, pegando a menina pelo braço para fazerem pequenas compras locais naquele belo sábado de dezembro. Faltavam alguns dias para o Natal e a correria se acentuava mais e mais. As pessoas estavam nas ruas fazendo compras ou nos bares bebendo. Todos andavam como loucos no trânsito e o cuidado foi redobrado por parte da família da cobertura.

Elizabete e sua mãe estavam comprando laços de fita para o cabelo e algumas fitas para enfeitar mais a árvore, já tão linda.

Tudo corria bem até o momento de atravessar uma rua que era caminho para o condomínio. Estavam na beira de uma calçada quando um carro em alta velocidade e desgovernado veio em direção a elas. Alguém gritou do outro lado da calçada, da seguinte forma:

– Fujam! Um carro desgovernando vem vindo!

O carro fazia muito barulho, pois vinha em alta velocidade, batendo na lateral dos outros carros. Elizabete e sua mãe não se moviam. O pavor era tão grande que elas ficaram estáticas. O carro vinha avançando com toda força em sua direção e os gritos se faziam ouvir:

– Coooorre!

– Fuja rápido, senhora!

Os joelhos de ambas tremiam. Suas pernas congelaram, os olhos estavam arregalados. Escorria uma gota de suor frio pela nuca daquela mãe. Nesse momento uma mão puxou fortemente as duas pela gola do vestido. Ambas foram atiradas para trás e caíram perto do muro, em cima do jovem que as puxou. O carro passou justamente onde elas estavam indo, e colidiu violentamente em uma parede, derrubando antes uma placa de sinalização de trânsito.

Elas levantaram assustadas e o rapaz, com aparência muito humilde, se desculpou pelo fato de ter puxado com muita força, derrubando-as. Nesse momento muitos transeuntes se aglomeraram em volta das duas e do carro com o motorista aparentemente bêbado. O povo queria bater no motorista, mas a polícia não deixou, chegando ao local rapidamente.

Elizabete e sua mãe se levantaram meio tontas e sem saber ao certo o que estava acontecendo. A menina se despediu rapidamente do rapaz. Já nervosa, seguiu imediatamente para casa. Ao chegarem, a mãe tomou um bom banho e esperou o marido e os filhos chegarem do clube. No jantar, ela contou tudo o que ocorrera:

– Hoje aconteceu uma coisa terrível. Nós estávamos fazendo compras, indo de loja em loja pelas ruas, quando um carro desgovernado veio em nossa direção e com certeza ia nos matar, pois estava em alta velocidade. Mas um rapaz nos puxou pela gola do meu vestido, então eu e Elizabete caímos e nos salvamos em questão de segundos. Foi incrível! – disse a sra. Margaret, em tom pensativo e nervoso ao mesmo tempo.

– Foi mesmo, pai. O rapaz salvou as nossas vidas. O carro ia passar em cheio em cima de nós duas. Estávamos bem no meio do caminho daquele louco. Parecia bêbado. Se não fosse o rapaz do barraco, nós estaríamos mortinhas da silva – disse Elizabete em tom muito sério.

Nesse momento, os dois irmãos se entreolharam arregalando os olhos, pois conheciam a família que morava no barraco embaixo do viaduto. Eles não sabiam os nomes, mas conheciam todos pelas suas fisionomias, de tanto observarem aquela família estranha de binóculos. O pai deles os questionou:

– Sim, mas quem é esse rapaz? Vocês o conhecem? Por que estão falando sobre a família que mora no barraco? Por acaso vocês conhecem alguma família que mora em um barraco? – Nesse momento todos ficaram em silêncio. Esse silêncio só foi quebrado pelo mais velho:

– Pai, nós temos observado aqui da cobertura, com nossos binóculos, uma família que mora debaixo do viaduto. Eles são muito engraçados. A mãe deles fez uma árvore de Natal de um galho de goiabeira e o menorzinho anda de cavalo de pau com uma cabeça plástica de um porco. Não é engraçado, pai? – falou Richard III.

– A menina tem uma boneca de pano sem olho e sem cabelo, e outra boneca sem uma perna e sem vestido. É muito engraçado – disparou a pequena Elizabete.

O único que não falava nada, apenas ria, era o Eduard, o caçulinha da turma. O pai ficou atônito e em silêncio para poder digerir tantas informações ao mesmo tempo. Ficou alguns segundos pensativo, até finalmente se manifestar:

– Bem, pelo que compreendi, esse rapaz, morador de rua, salvou a vida de vocês duas, certo? – perguntou o pai olhando para a esposa e para filha.

– Sim, Richard. É verdade – respondeu a mãe um pouco emocionada.

– Então nada mais justo do que irmos agradecer esse rapaz, já que todos sabem onde ele mora. Amanhã, vamos até a casa dele agradecê-lo por esse ato de verdadeiro heroísmo. O que vocês acham? – perguntou o pai, um pouco emocionado com a possibilidade evitada de ter perdido a esposa e a filha ao mesmo tempo. Todos concordaram com a visita.

Dessa forma, o jantar continuou com os filhos fazendo vários comentários engraçados sobre a estranha e humilde família que morava em um barraco debaixo do viaduto. O pai ouvia tudo com apreensão e cautela, pensando em tudo que aconteceu e em como poderia recompensar aquela aparente família pobre. Todos esses pensamentos povoavam a cabeça daquele empresário de sucesso, dono de uma construtora em parceria com o governo. O domingo amanheceu lindo. Todos se vestiam para ir à igreja. No retorno, à tarde após o almoço, a rica família teria um passeio diferente: visitar a família que morava debaixo do viaduto. Charles III e Elizabete estavam agitados; a mãe, um pouco apreensiva. o único que não falava nada e só observava era o caçula, que no fundo nutria uma vontade muito grande de conhecer aquela família pobre, em especial o garotinho que andava com um cavalo de pau com a cabeça de porco. Os meninos eram da mesma idade e guardavam algumas semelhanças. Ele era chamado de cabeça de porco pelos irmãos da família rica. Todos após o almoço estavam se preparando para a visita à família pobre. A mãe pediu aos filhos que colocassem roupas mais simples para a ocasião, assim como ela e o pai usariam roupas mais simples para a visita ao barraco. Era assim que a mãe se referia à visita. A família quase toda bem animada, exceto a mãe, sempre apreensiva em relação ao que iriam fazer. Mesmo assim, foram a pé, atravessando algumas ruas até chegarem debaixo do viaduto, onde avistaram logo a dona da casa, ou, na verdade, do barraco.

– Olá! Eu sou dona Cleonice, prazer – a simples senhora foi logo se apresentando. No início pensou que se tratava de alguma doação de comida ou de brinquedos, como era comum perto do Natal as pessoas ricas doarem roupas e brinquedos para pessoas pobres. Mas o sr. Richard II foi logo informando o motivo da visita.

– Cara senhora, me chamo Richard II e viemos agradecer, creio eu, o seu filho por ter salvado minha querida esposa e minha filha de um grave acidente. O rapaz está? – perguntou Richard.

Nesse momento, dona Cleonice dá um grito em direção ao barraco:

– Miro, Cleovaldo, Cleidiane, Cremilda e Nono, venham aqui agora que o homem quer falar com vocês.

Parecia uma fila indiana. Um atrás do outro, vinham andando até a porta do barraco e ficaram em posição de acordo com a idade. O pai e os filhos, um ao lado do outro. Era meio estranha aquela cena. Quem passava na rua observava aquela família pobre em fila contrastando com uma família rica debaixo do viaduto. A família rica também tomou a mesma posição, a começar pelo pai, depois a esposa, e enfim os três filhos. Após essa tomada de posição o sr. Richard começou a falar:

– Senhores e senhoras, eu e minha família estamos aqui para agradecer ao seu filho. Como é o nome do rapaz? – perguntou apontando para ele ao lado do pai.

– Cleovaldo, mas todos chamam de Valdo – respondeu dona Cleonice.

– Sim, gostaria de agradecer ao Cleovaldo pelo gesto heroico de salvar a vida de minha esposa e minha filha de um carro desgovernado que poderia ter ceifado a vida das duas. Muito obrigado! – finalizou o sr. Richard ll.

– Não carece não de agradecimento, seu moço. O Valdo é assim mesmo. Ele é muito prestativo. Ele ajuda todo mundo aqui no bairro, disse Miro, com um sotaque bem nordestino.

– Mas mesmo assim nós agradecemos o ato de heroísmo do seu filho Cleovaldo ou Valdo, como queira chamá-lo – disse a sra. Margaret.

– O Valdo é bom demais. O que ele precisa é de um emprego e de uma boa mulher para ajudar a vida dele – disse dona Cleonice para descontrair o ambiente. Nesse momento todos deram boas gargalhadas. Em um gesto de pura espontaneidade e sem ninguém perceber, o pequeno Eduard tira dois bonequinhos do bolso e oferece um para o cabeça de porco e começam a brincar ali no chão mesmo, debaixo do viaduto, alheios a tudo e a todos. Sua mãe olhou com reprovação aquela cena terrível aos seus olhos. “Como meu filho vai brincar com aquela criança imunda naquele lugar horrível?”, pensou ela indignada e já puxando o braço do marido para ir embora. Enquanto isso, o marido começava a ver com bons olhos seu filho que nunca falava brincando alegremente com aquela criança, como se fossem velhos amigos. Os meninos estavam muito descontraídos, brincando com os dois bonequinhos de plástico. Em um momento, os bonecos voavam e em outro brigavam no ar em um duelo titânico, todos os movimentos acompanhados pelos pais, admirados do seu caçulinha falar abertamente com um estranho com tanta naturalidade. A mãe foi distraidamente dando alguns passos para trás e quase derrubou a árvore de Natal feita com o galho de goiabeira. Levou um susto e pediu desculpas por quase derrubar a árvore da pobre família. Elizabete também começou a conversar com a terceira filha do casal, pegando sua boneca de pano sem um olho e sem cabelo, alisando carinhosamente e informando que poderia consertá-la, pois na sua casa tinha uma caixa cheia de botões e a Maria, sua empregada, poderia achar um botão para colocar no olho da boneca, o que deixou Cremilda – ou Milda, como seus pais a chamavam – muito contente, pois ela gostava muito daquela boneca. Os meninos se identificaram bastante, apesar da diferença de idade. O Valdo gostava de futebol e torcia pelo mesmo time de Richard III, o que gerou uma grande afinidade entre os dois.

Tudo corria bem entre as famílias, quando a mãe apertou com força mais uma vez a mão do seu marido, dando o sinal para irem embora. O pai pediu a palavra e disse:

– Senhor Miro, dona Cleonice, gostaria de agradecer a hospitalidade e dar o meu cartão com telefone para que eu possa analisar o pedido de vocês e conseguir uma colocação na empresa para o Cleovaldo, ou Valdo, como vocês costumam chamar.

– Muito obrigado, seu Richard, pela atenção à nossa família em relação ao emprego pro Valdo, e não carece não de agradecer a atitude de salvar sua esposa e filha. O Valdo é um menino muito bom, muito prestativo, disse seu Miro, com um sorriso mostrando os poucos dentes que restaram em sua boca. E assim a família rica se despediu da família pobre, com abraços e beijinhos. A única que não dava abraços e beijos era a sra. Margaret, muito reservada e mantendo certa distância, evitando contato, talvez com medo de pegar alguma infecção ou uma doença de pele. O Eduard não queria ir para casa. Pela primeira vez pediu a mãe para continuar brincando com o novo amiguinho, o que a mãe admirou muito, pois isso nunca havia acontecido em todos os lugares que ela levava o caçula. Nem mesmo nos parques de diversão, nos clubes onde eles eram sócios, nas casas das amigas com crianças e brinquedos importados de todo o tipo e outros lugares.

O pai observava tudo isso calado e com um pouco de emoção, pois sabia o problema que o filho tinha. Após as despedidas, rumaram para casa. Todos os filhos estavam muito barulhentos e comentavam os fatos que ocorreram na visita. Somente o pai e a mãe caminhavam em silêncio. Ela preocupada em trocar todas as roupas dos filhos e dar banho em todos, para fazer uma higienização completa na família; ele caminhava calado e pensativo sobre o efeito que aquela visita, especialmente aquele menininho morador de rua, tinha feito em seu filho. O que ele também estava pensando era como ajudar aquela família humilde, como dar uma vida digna àqueles que livraram da morte seus familiares e dar um lampejo de esperança de melhora para o seu filho caçula. Assim a família rica foi para sua cobertura em um condomínio de alto luxo. Ao chegar à cobertura, a empregada foi acionada pela sra. Margaret, dando ordem para que ela lavasse todas as roupas, e imediatamente todos foram tomar banho, cumprindo as ordens da mãe, inclusive o pai, que olhava todo aquele movimento pensativo e com muita cautela e introspecção, como se estivesse em outro mundo, sempre pensativo e alheio ao burburinho da casa. A mãe teve que gritar com ele para ser ouvida, pois seus pensamentos estavam longe, bem longe daquele ambiente.

Alguns dias se passaram quando, em uma tarde, o sr. Richard II, recebe um telefonema em que se ouvia uma voz de sotaque muito forte.

– Alô, é da parte do Senhor Richard dois pauzinho? Eu não sei como fala esse final aqui no nome – disse o Valdo.

– Sim, aqui é o senhor Richard II. Quem está falando?

– Aqui é o Valdo, filho do seu Miro e da dona Cleonice, que o senhor foi visitá, lá no viaduto. Eu sou o rapaz que salvô sua mulher e sua filha. O senhor lembra? – falou o Valdo. No entanto, a ligação estava muito ruim.

– Sim, eu lembro muito bem de você, é claro. E com certeza nunca mais vou me esquecer – falou o sr. Richard, que sofria com aquela ligação de qualidade muito ruim. Seja como for, continuaram conversando.

– Pois é, seu Richard Dois. Eu tô falando de um orelhão aqui perto do viaduto e tá fazendo um barulho da peste. Esses carros..., mas eu tô ligando porque minha mãe pediu pra falar com o senhor sobre o emprego que o senhor prometeu no dia da visita. O senhor lembra? – disse Cleovaldo, ou Valdo, gritando ao orelhão, por causa do barulho dos carros que passavam na avenida.

– Escute, Senhor Valdo! Venha amanhã ao meu escritório e nós conversaremos sobre o assunto – disse o sr. Richard.

– Eu vou sim, seu Richard. E como é que se fala mesmo esses dois pauzinhos aqui no final do nome? – disse Valdo todo apreensivo.

– Isso não tem importância, Valdo. Amanhã nós conversamos sobre esse assunto do nome e também o emprego, está combinado? – disse o sr. Richard.

– Está tudo certo então para amanhã. Eu vou desligar porque o crédito do cartão está acabando. Eu só tenho esse cartão de telefone. Até amanhã, seu Richard Dois – disse Valdo desligando o telefone com pressa.

– Aquela conversa pelo telefone fez o sr. Richard pensar mais ainda sobre todos aqueles fatos que estavam acontecendo: a visita debaixo do viaduto, a família humilde, o salvamento de sua esposa e filha pelo Valdo e como aquela família poderia ajudar ou amenizar o problema do seu filho caçula. Tudo isso envolvia a mente daquele grande empresário da construção civil.

A manhã estava ensolarada quando a secretária informou que o senhor Cleovaldo estava na recepção e queria conversar com o sr. Richard ll.

– Ele informou que já tinha uma audiência marcada. Essa informação é correta? – perguntou a secretária, meio desconfiada do cidadão que estava à sua frente.

– Sim, e pode mandar ele entrar. Sirva dois cafezinhos com duas águas, por favor – disse o sr. Richard, um pouco contente.

Valdo trajava uma camisa azul clara com mangas compridas, a camisa era curta nos braços e larga na cintura, e ficava muito engraçada. Ele tinha tomado banho e cheirava à loção pós-barba. O cabelo engomado dava um ar de mexicano com aquele bigodinho que insistia em não crescer. Parecia pistoleiro de filme mexicano. Sua calça preta também era muito curta.

Deveria ser de seu pai, pois era larga na cintura e curta nas pernas, mostrando toda a meio marrom muito desbotada. De tanto uso perdeu a cor original. O sapato era preto de bico fino, muito velho, mais estava bem engraxado.

O sr. Richard II pensava que Valdo tinha um aspecto meio estranho, aquele rapaz que ajudou a salvar sua família da morte, ele foi logo se sentando sem muita cerimônia, e começaram a entrevista:

– Você tem até que nível de escolaridade? Estudou até que série? – perguntou Richard atenciosamente.

– Estudei até o fundamental e completei todinho – disse Valdo um pouco nervoso.

– Você já trabalhou em um escritório? Já trabalhou em algum lugar? O que você sabe fazer, como profissional? – perguntou o senhor Richard prestando a atenção em todos os movimentos do Valdo, que era direto em suas respostas.

– Eu na realidade trabalhei um tempo ajudando meu pai em uma obra, e como ajudante de supermercado. Foram esses dois empregos que eu tive na vida – respondeu o filho do seu Miro olhando para o chão.

– O que eu posso fazer por você, meu amiguinho, é dar um emprego de auxiliar de escritório no primeiro andar desse prédio. É lá que fica reunida toda a parte de escritório da construtora, toda a parte da papelada, como nós costumamos falar aqui, fica concentrada no primeiro andar – disse o sr. Richard com um sorriso no rosto.

Nesse momento, Valdo entrou em um estado de êxtase, de pura alegria e emoção. Levantou-se rapidamente, dando um salto, e abraçando o sr. Richard de uma maneira inesperada, o que o sr. Richard achou muito estranho, mas relevou. Tratava-se de uma pessoa muito humilde, mas que poderia ajudar muito sua família conforme seus planos.

Valdo se despediu do sr. Richard com muita alegria, pois tinha conseguido um emprego.

– Até amanhã, seu Richard Dois, com um sorriso enorme no rosto.

– Valdo, sente-se nessa cadeira rapidamente. Vou explicar umas coisas. Primeiro. o meu nome se pronuncia sr. Richard segundo. E, em segundo lugar, amanhã você vai para o primeiro andar. Quando chegar aqui na construtora, procure o sr. Moisés na administração. Ele estará te esperando. O expediente começa às oito horas, entendeu? – perguntou o sr. Richard em um tom alegre.

– Sim, sr. Richard segundo, eu entendi tudinho. Amanhã eu procuro o sr. Moisés no primeiro andar às oito horas. Até amanhã! – falou o Valdo, feliz da vida por ter conseguido um emprego. Ao chegar em casa, ou debaixo do viaduto, foi aquela alegria. Toda a família reunida em volta do Valdo para ouvir as boas notícias: ele tinha conseguido um emprego e começava no dia seguinte às oito horas como auxiliar de escritório. Ele contou tudo com entusiasmo:

– Pai, foi incrível! Eu estava sentado em um escritório lindo, o chão brilhava e os móveis eram todos novos, a poltrona era muito macia. Nunca tinha visto um lugar tão bonito. Vou trabalhar no primeiro andar como auxiliar de escritório, a partir das oito horas, vai ser legal. Todos comemoravam muito, todos da família gritavam vivas e outros assoviavam, era uma maravilha, a alegria não cabia dentro do pequeno barraco embaixo do viaduto. Agora é só trabalhar direitinho e seguir em frente, disse a mãe alisando o cabelo do filho querido sentado em uma cadeira que tinha uma das pernas quebradas encostada na parede.

– É, meu filho! Você teve hoje uma grande conquista. Meus parabéns – falou o pai todo orgulhoso. As irmãs e o irmão caçula o abraçaram e o fizeram muito carinho, pois um trabalho significava mais dinheiro para casa e mais alimento para aquela família tão carente de tudo. No dia seguinte Valdo já estava às sete horas no primeiro andar do imponente prédio da construtora no centro da cidade. O senhor Moises ainda não tinha chegado e ali estava Valdo esperando na porta de sua sala, em uma das maiores construtoras da cidade. Tinha conseguido uma passagem de Metrô com o pai. Quando recebesse o primeiro salário pagaria tudo. Após alguns minutos esperando, o sr. Moisés chegou, um pouco apressado, e perguntou logo:

– É você o auxiliar de escritório recém-contratado? Falou isso apontando para o Valdo, com uma cara alegre.

– Sim! Respondeu no mesmo tom, já entrando em sua sala, que estava fechada até aquele momento. O senhor vai trabalhar junto comigo aqui no departamento administrativo, será encarregado de arquivar os papéis e ir ao banco, ao registro de imóveis pegar alguns papéis. Qual é mesmo o seu nome? – perguntou o senhor de cabelos grisalhos e uma barba bem rala, demonstrando ser um homem de meia idade.

– Chamo-me Cleovaldo, mas todos me chamam de Valdo.

– É mais fácil, disse o senhor Moisés sorrindo. – Valdo, você vai aprender tudo com Ribamar, seu conterrâneo, com certeza. – disse o sr. Moisés, e imediatamente chamou o Ribamar. Feitas as devidas apresentações, os dois conterrâneos saíram da sala do sr. Moisés conversando muito, principalmente Valdo, que estava muito animado com tudo que acontecia, pois tudo era novidade: o local de trabalho, as salas de reunião, o convívio com os novos colegas, tudo era novidade e maravilhoso para o Valdo, que via nesse emprego a grande chance da sua vida, e por que não dizer da sua família também? Era tudo maravilhoso, ele pensava secretamente.

Ao retornar para sua casa, todas as novidades eram compartilhadas no velho e único sofá da casa. Todos ouviam atentamente as palavras do Valdo, descrevendo as salas de reunião, e como as pessoas se vestiam bem, o seu trabalho em detalhes como auxiliar de escritório... ao contar tudo isso, seus olhos brilhavam, e seus pais se enchiam de orgulho pela possibilidade de ter um futuro melhor para seu filho, saindo daquele barraco debaixo de um viaduto. Todos foram dormir muito felizes naquela noite, nos dois únicos cômodos do barroco, separados por uma parede de papelão e uma lona velha de caminhão. O tempo passava rápido e a família do Senhor Richard II insistia em investigar, cada vez mais, a simplória vida dos seus vizinhos do viaduto com seus binóculos importados, até que a princesinha, como era chamada Elizabete, apresentou uma ideia para os irmãos:

– Vamos convidar a família do barraco, ou melhor, os filhos, para brincarem aqui em casa? O que vocês acham? – perguntou a princesinha da casa.

– Sim, é uma boa ideia! Vamos falar com papai e mamãe quando eles chegarem do trabalho – disse o mais velho.

– Sim, sim, sim, SIM!!! – respondeu Eduard, o caçula, abanando a cabeça indicando um sim, ao que todos riram muito, pois ele não parava de mexer a cabeça indicando um sim. Elizabete o ajudou a parar de balançar a cabeça em sinal afirmativo. Mais tarde, quando os pais chegaram, na hora do jantar, o filho mais velho tomou a palavra e foi logo ao assunto perguntando:

– Pai, eu queria fazer um pedido. Nós podemos convidar os filhos do senhor Miro para vir brincar aqui em casa? – perguntou Richard III, um pouco envergonhado. – Sim, pai, eu queria brincar com a menininha, a Cleomilda, pois eu tenho um botão igualzinho ao olho da boneca dela, eu gostaria de dar para ela e mostrar as minhas bonecas pai. Deixa eles virem em nossa casa para brincar! – falou Elizabete, em tom de súplica. – Logo após os irmãos falarem, em uma atitude inesperada, Eduard tomou a palavra e começou a falar em tom um pouco alto, mexendo a cabeça sem parar indicando um sim, e repetindo a mesma palavra:

– Deixa! Deixa! Deixa! Deixa! Deixa! Deixa! Deixa! Deixa! Deixa! Deixa! Deixa! DEIXA!

Nesse momento, a irmã, que estava a seu lado na mesa de jantar, segurou a cabeça dele e pediu para que ele parasse de falar, o que aconteceu imediatamente. Às vezes, Eduard ficava olhando para o garfo horas a fio como se tivesse em outro mundo, um mundo só seu, um mundo em que ninguém poderia penetrar. Os irmãos não entendiam muito bem o irmão caçula, mais os pais já tinham um diagnóstico preciso do que acontecia com o seu filho mais novo. O silêncio foi quebrado pela mãe, que argumentou severamente contra essa ideia.

– De jeito nenhum! Eu não quero esse tipo de gente em minha casa. É muito perigoso, crianças. Pode sumir algo de valor como um relógio, uma pulseira de ouro, um anel, às vezes eu deixo objetos de valor em cima da mesa de centro da sala ou no banheiro. Essas coisas podem sumir com pessoas estranhas em casa. Eu não queria falar sobre esse assunto, mas tem também a questão da higiene. Eles podem passar doenças de pele, piolho, sarna e outras doenças para nós, sem contar que depois da visita teria de desinfetar toda a casa, o que daria um trabalho dobrado para os empregados – disse a mãe com um ar de reprovação e uma cara de brava, discordando totalmente do pedido dos filhos.

O pai olhava tudo isso passivamente, sempre refletindo sobre tudo o que estava ocorrendo em sua casa e ao seu redor, principalmente sobre a reação inesperada do seu caçulinha, que despertou muito a sua atenção, após alguns minutos de silêncio e saboreando uma carne assada com batatas coradas deliciosa, ele falou o seguinte:

– Crianças, eu e sua mãe vamos estudar melhor o pedido e vamos dar uma resposta amanhã. Vocês concordam? Perguntou o pai com um sorriso nos lábios, e comendo outro pedaço de carne assada cortada com toda a educação europeia. Ao que todos os três filhos gritaram um uníssono e sonoro "SIM", menos a mãe, que olhava com ar de reprovação a atitude do marido e meio desconfiada das suas intenções de aprovar a vinda daquelas crianças do barraco na sua casa. Após o maravilhoso jantar, a família foi se recolher, pois todos tinham hora para dormir. O pai e a mãe aproveitavam esse momento para conversar os assuntos principais na cama, quando toda a casa já estava em profundo silêncio. Até o Lulu, um cachorro da raça Poodle, estava dormindo. Nesse momento, começavam algumas discussões de ponto de vista diferentes entre o casal. Ela era totalmente contra a vinda das crianças do seu Miro e da dona Cleonice.

– Eu não concordo com a vinda dessas crianças em minha casa. Já falei no jantar que elas podem trazer doenças para esta casa. Eu tenho cuidado com meus filhos, se você não tem, não posso fazer nada, disse um pouco aborrecida a sra. Margaret.

– Sim, concordo, mas eu tenho conversado com a médica que acompanha o nosso filho caçula e relato a ela como ele evoluiu e como reage com a presença daquele menininho da senhora Cleonice, aquele que as crianças chamam de cabeça de porco, pois no seu cavalo de pau, tem uma cabeça de porco pendurada, como nós vimos na visita aquela família – disse o pai pensativo.

– Eu vou te contar o meu plano. Segundo a médica do nosso filho, nós temos que estimulá-lo, e a doutora informou que tudo que o estimule a sair daquele mundo só dele tem que ser preservado, tem que ser colocado em contato com o nosso filho constantemente. Entenda, meu amor, esse menino Nono, como é chamado, está ajudando demais o nosso filho, com as suas brincadeiras e irreverências. Nosso filho está até falando – disse o pai com um sorriso olhando fixamente para o relógio despertador de cabeceira, dando corda para o dia seguinte.

– Eu não entendo, eu não concordo muito, mas se é para ajudar o Eduard, eu concordo, pois a médica informou tudo isso a você e realmente eu vejo um quadro evolutivo em nosso filho quando entra em contato com aquele menininho chamado Nono. Se não me engano o nome dele é Claudionor – disse a mãe, mais convencida da necessidade da visita da família do seu Miro.

– Meu amor, não se preocupe. Não vêm todas as crianças da família, somente a Cremilda ou Milda, a menina da boneca sem um olho e sem cabelo; e o Nono, digo Claudionor, creio que dona Cleonice vai enviar os filhos de banho tomado e bem asseados, para brincar aqui com nossos filhos. Não se preocupe, essas visitas vão fazer um bem enorme ao nosso filho, você vai ver, meu amor – disse sr. Richard II com um sorriso de canto de boca.

– Eu concordo, meu amor, pois é para o bem do nosso filho. Mas se acontecer alguma coisa em relação a doenças como piolho ou doença de pele, eles nunca mais colocarão os pés aqui em casa – disse a sra. Margaret em tom bravo cruzando os braços e com cara de má. O fim de semana se aproximava e as crianças da luxuosa cobertura aguardavam ansiosamente a visita da família da dona Cleonice. O convite da visita tinha sido comunicado pelo Valdo, pois trabalhava na construtora do chefe e desempenhava muito bem o seu trabalho, Valdo tinha sido escolhido para levar os irmãos até o lindo condomínio com segurança em todos os locais, homens com terno preto e com um rádio de comunicação, andando de um lado para o outro e vigiando a todos que entravam no condomínio, principalmente estranhos e com roupas mais humildes, como era o caso daquelas crianças do seu Miro. – Ao entrarem em um dia ensolarado no condomínio, Valdo foi recebido no apartamento de cobertura com os irmãos, foi uma alegria só para os dois lados. Milda ficou estática com sua boneca sem olho diante da enorme árvore de Natal na sala. Ela não conseguia descrever tanta beleza, os irmãos também ficaram impressionados. Nono trouxe dois bonequinhos bem lavadinhos que a mãe dele deixou trazer, com muitas recomendações para não perdê-los, pois eram os únicos bonequinhos que ele tinha. A menina não tirava o olho da árvore de Natal gigante da sala, pois era igual a que tinha visto na revista e na TV que tinha no barraco. Era uma loucura! Valdo deixou os irmãos bem entrosados com as crianças do sr. Richard II, e estava se despedindo de todos.

– Sr. Richard II, sra. Margaret, eu já estou partindo e creio que mais tarde eu volto para pegar meus irmãos e levar para casa – disse o auxiliar de escritório, muito risonho e se dirigindo para o elevador privativo.

– Espere um pouco, você não vai ficar para jogar videogame com seu amiguinho aqui? – disse o pai todo sorridente apontando para o jovem Richard III.

– Sim, eu posso ficar, mas eu não estava contando com isso – disse Valdo, muito contente pelo convite.

– Vamos para a sala de jogos que eu vou dar uma surra em você com meu último jogo – disse o jovem Richard, todo animado com o amigo.

– Vamos para o meu quarto brincar de boneca. Eu tenho um botão igualzinho ao olho de sua boneca, vamos brincar de casinha – disse Elizabete, muito contente e falando alto e caminhando com a amiguinha em direção ao seu quarto.

– Por fim, sobraram na sala os dois pequeninos que fizeram de um canto da sala um forte Apache e já lutavam contra índios e outros inimigos sendo perseguidos por uma tribo. O mocinho sempre montado em seu cavalo branco. Era uma confusão para os adultos, pois o Batman e o Homem de Ferro lutavam contra os índios no forte Apache; para as crianças, um mundo divertido e emocionante. O caçulinha falava normalmente com o novo amiguinho:

– Vamos, Batman, pega ele e destrua sua cabana! – disse Eduard todo animado.

– Sim, Homem de Ferro! Bata nesses índios e salve o forte Apache – gritou Nono com o Homem de Ferro na mão voando pelos ares da sala de visitas com vários soldados colocados no muro do forte Apache. O pai observava tudo sentado em uma confortável poltrona da sala, com um sorriso nos lábios. Foi interrompido pela mãe, que o puxou pelo braço, convidando-o para irem para o quarto a fim de conversarem.

– Eu não falei que esse menino poderia fazer bem para o nosso filho? – disse o pai, todo contente.

– Sim, estou vendo como eles se entrosaram bem, como estão brincando bastante e o Eduard está bem descontraído, diferente, e falante como nós nunca vimos em todos esses anos. Mas eu ainda estou um pouco apreensiva com tudo isso que está acontecendo em nossas vidas, a vinda dessa família para o nosso lar.

– Não se preocupe, amor. Não se preocupe – disse o sr. Richard ll acariciando o cabelo de sua querida esposa. Mais tarde vieram algumas amiguinhas de Elizabete para brincar de boneca e um amigo do jovem Richard III, para jogar videogame. Eles organizaram um campeonato e o Valdo estava com mais pontos, por incrível que pareça. O quarto da princesinha parecia uma escola de normalistas, estava cheio de meninas, elas falavam o tempo todo. No início, Milda ficou um pouco intimidada, devido a sua roupa simples e por ela ser a única que não morava naquele condomínio de alto luxo. Mas isto foi resolvido rapidamente por Elizabete, informando que ela era uma grande amiga e que morava em um bairro perto, para evitar comentários indesejados das amiguinhas, e assim continuou a brincadeira animada no quarto, que antes parecia grande demais e agora ficou pequeno com a chegada de tantas amiguinhas e suas bonecas para o casamento da Barbie com um boneco chamado Ken. A jovem Milda não sabia que a Barbie tinha namorado e que tinha uma casa de bonecas só para ela, o que fez mais uma vez as meninas rirem do jeito brejeiro daquela menina tão estranha. Elizabete relutava em não revelar suas verdadeiras origens, apesar de surgirem várias perguntas sobre a menina estranha.

– Vamos fazer um lanche? – perguntou a mãe aparecendo no quarto das meninas de surpresa. Milda foi a primeira a se levantar e a gritar “oba!”. Nesse momento, todas as meninas riram, ainda mais desconfiadas de suas atitudes estranhas.

– Vamos fazer um lanche, rapazes? – disse o pai aos jovens que estavam na sala de jogos, disputando a maior partida de suas vidas, pois o grupo estava bem animado. Em pouco tempo todos estavam na mesa da sala de jantar reunidos para o lanche, as meninas de um lado e os meninos em minoria do outro lado da mesa. Nono e Eduard comeram os seus lanches no chão da sala sem largar os bonecos que lutavam bravamente contra os índios em um forte Apache já semidestruído pelos ataques impetuosos do inimigo. Era impressionante como o caçulinha estava conversando e brincando com Nono. “Eles faziam o par perfeito”, pensava o pai secretamente.

Todos estavam ao redor da mesa e Milda não tirava os olhos da bandeja de sanduíches colocada no centro da mesa. Ela realmente estava com fome. Pensou em comer dois ou três sanduíches, mas se conteve diante dos olhares das outras meninas. Valdo também ficou impressionado, nunca tinha visto tanta comida junta em uma casa. Sua barriga roncava de fome, pois o almoço em sua casa era pouco. Pensou em levar alguns sanduíches para casa, mas se lembrou de que não estava em uma festa de aniversário e isso não era educado, pensou olhando fixamente para o sanduíche de atum que nunca tinha comido, só ouviu falar sobre esse peixe delicioso na sua infância. Dessa forma, todos começaram a comer e beber vários sucos naturais com sabores que os irmãos moradores do viaduto nunca tinham ouvido falar como: suco de taperebá, graviola e outros, era uma fartura de comida e bebida, e os irmãos mais velhos aproveitavam com toda a vontade e, porque não dizer, com toda a fome. Ao término do maravilhoso lanche, as amiguinhas e o amigo do jovem Richard lll, foram embora, restando na linda cobertura os filhos do seu Miro, que brincaram mais um pouco, mas foram alertados pelo irmão mais velho para partir, Após alguns minutos Valdo reuniu toda a família na sala para as despedidas.

– Sr. Richard ll e sra. Margaret, foi um prazer estar nessa casa com essa acolhida tão maravilhosa. Nós temos que ir para casa agora. Muito obrigado.

– Eu queria dizer muito obrigado pelo olho da minha boneca – disse Milda toda contente, mostrando a sua boneca com olho e cabelo novo muito feliz.

– Mais uma vez, muito obrigado por tudo sr. Richard ll. Eu tive uma das tardes mais divertidas da minha vida, disse mais uma vez o jovem Valdo, já melhorando na pronúncia das palavras e no enriquecimento do seu vocabulário, deixando um pouco o seu forte sotaque.

De uma maneira inusitada o jovem Eduard puxou a saia da mãe e disse:

– Deixa eles ficarem mais um pouco, mamãe. Deixa! Deixa!

Toda a família ficou impressionada mais uma vez com a atitude do caçulinha, pois tinha atitudes diferentes quando estava em companhia daquele amiguinho. Todos riram muito da sua atitude e da repetição incessante daquela palavra "deixa", pois sua cabeça foi parada pela irmã, e também a constante repetição, todos os irmãos dessa forma foram embora com muitas despedidas e a promessa de que voltariam, pois o convite já estava feito pelo pai e aprovado pelos filhos, menos pela mãe, que olhava aquela situação com desconfiança, ficando sempre reservada para emitir a sua opinião, pois sabia que ela era a única que não aprovava aquelas amizades com os filhos de dona Cleonice.

O domingo chegou e veio radiante de alegria, pois toda a família comparecia em uma igreja local e os dois filhos mais velhos cantavam no coral do irmão Paulo. Era ele que organizava e treinava o coral da Natal. Poderia chamar de cantata de Natal. Como todo domingo a família se preparava para ir à igreja e Elizabete colocava o seu melhor vestido e seu anel de brilhantes com um pequeno e delicado diamante seguro por um alojamento em ouro branco, na parte interna tinha gravado o seu nome e a data de seu aniversário. Foi um presente do seu pai, era seu anel preferido, guardado em uma caixinha de madeira em sua penteadeira do início do século XlX, presente da sua avó materna. Ao abrir a caixinha tão delicada tomou um susto enorme, pois o anel não estava na caixa. Ficou um pouco nervosa e começou a procurar por todas as gavetas da velha e bonita penteadeira, sem encontrar o valioso anel. A menina correu para o quarto da mãe gritando.

– Mãe, mãeeee! Perdi o anel que papai me deu de presente no dia do meu aniversário – gritava a princesinha da casa, um pouco nervosa e com uma respiração ofegante.

– Como isso aconteceu, minha filha? O anel não estava guardado em uma caixinha na sua penteadeira? Vamos ao seu quarto procurar agora esse anel – falou a mãe já muito nervosa. Ao revirar todo o quarto começando com a penteadeira e com a caixinha do anel na mão. A mãe, já cansada, olha fixamente para a filha e comenta:

– Eu já sei o que aconteceu. Ontem vieram aqui no seu quarto várias coleguinhas do condomínio, como sempre, porém veio uma pessoa diferente, que nunca esteve aqui e que eu tenho quase certeza que é a responsável pelo sumiço do anel – disse em tom misterioso e com uma ponta de maldade a sra. Margaret, sentada na cama da filha.

– Quem, mamãe? De quem a senhora está suspeitando? Quem poderia roubar o meu anel?

– A Cremilda, minha filha! A Milda, como todos a chamam. Ela com certeza abriu, em algum momento, a gaveta da sua penteadeira e furtou o anel, deixando a caixinha para ninguém perceber o desfalque, para você não desconfiar do roubo. Entendeu? – exclamou a mãe com uma expressão de muita raiva no rosto. – Vai agora chamar o seu pai e chame o motorista para levar vocês à igreja, pois eu e o seu pai vamos ficar em casa. Eu preciso ter uma longa conversa com ele – sentenciou a mãe com uma expressão sinistras no rosto.

– O que foi, meu amor? Por que você está me chamando? Estamos atrasados para a igreja – disse o pai olhando para o relógio, assim que a esposa o chamou.

– Nós dois não vamos à igreja hoje. Vamos conversar e tomar uma atitude em relação a um fato revoltante que aconteceu aqui em casa. As crianças estão indo à igreja com o motorista, pois têm ensaio para o coral de Natal. Por favor, sente-se nessa poltrona da penteadeira, porque quero comunicar algo muito importante para você – disse a mãe em tom sério.

O pai, no mesmo momento, se sentou, pois pelo tom de voz de sua esposa percebeu a gravidade do problema que ia ser comunicado.

– Eu não falei para não trazer essa gente aqui em casa? Olha o que aconteceu: o anel que você deu de presente de aniversário para sua filha foi roubado. E sabe quem pode ter sido a ladra? A menininha Cremilda, ou Milda, como a família do viaduto à chama. Vamos comunicar a polícia! – disse a mãe muito brava, mostrando a caixinha vazia.

– Calma, meu amor... calma. Vamos tentar pensar no que pode ter acontecido. Nossa filha pode ter esquecido o anel em outro lugar, quem sabe? – disse o pai tentando ganhar tempo e pensar no que poderia ter acontecido com o anel de brilhantes com um pequeno e delicado diamante seguro por um alojamento em ouro branco.

– Sim, vamos telefonar agora para a polícia e relatar o fato como ocorreu e indicar a principal suspeita, que eu tenho quase certeza – falou a mãe esbravejando com raios e trovões para o pai.

Cerca de uma hora depois comparece à residência do luxuoso condomínio o delegado de polícia, chefe da Delegacia de roubos e furtos do bairro. Tudo foi explicado para ele e ao detetive que o acompanhava, com detalhes pela sra. Margaret. Ao final do depoimento do casal, foi apontada do alto da cobertura a casa ou barraco onde mora a principal suspeita do furto do precioso anel, pois o binóculo das crianças alcançava o humilde barraco embaixo do viaduto.

A família do seu Miro não esperava essa grande surpresa. Após despedirem-se formalmente do casal do condomínio de luxo, o delegado e o detetive partiram com uma viatura de polícia para o barraco, subindo com a viatura sobre da calçada embaixo do viaduto e quase quebrando a árvore de Natal de galho de goiabeira em um balde plástico enrolado com um papel alumínio. Todos ficaram assustados ao ver um carro de polícia na sua porta. Afinal, era um domingo e todos estavam em casa quando a dona Cleonice chamou todos para fora do barraco. Seu Miro se apresentou logo ao delegado informando que era o chefe da casa.

– Bom dia, seu delegado! O que o senhor deseja? – perguntou seu Miro, diante de toda sua família, que observava atento a todos os detalhes. – Eu tenho uma queixa pelo furto de um anel e pelo meu celular já foi expedido um mandato de busca para sua casa, pois há uma suspeita que a senhorita Cremilda tenha furtado um anel da residência do sr. Richard II e sra. Margaret. Podemos fazer uma revista em sua casa? – perguntou o delegado olhando fixamente para aquele grupo meio estranho. Todos os familiares, nesse momento, ficaram muito surpresos com o que ouviram, principalmente a Milda, que estava muito envergonhada de ouvir seu nome sendo dito pelo delegado e abraçava a mãe com medo de ser presa e levada naquela viatura de Polícia Militar.

– Sim, senhor delegado! O senhor pode entrar e revistar tudo. A casa é humilde, mas é nosso único lar. Fique à vontade – disse seu Miro apontando a porta de entrada do humilde barraco. A revista na casa do seu Miro demorou muito tempo, inclusive o delegado pediu um reforço de duas policiais femininas para revistar as mulheres que residiam no barraco, tirando-lhes a roupa e fazendo-as passar por constrangimentos. Tudo foi revistado: cada cantinho, cada cama, colchões, roupas, peças intimas, sofá e os homens foram revistados pelos dois policiais que estavam junto com o delegado, até a coleira do cachorro de estimação da família foi revistada. Nada escapou. Todo movimento foi acompanhado pelo discreto casal que observava tudo de binóculos da cobertura de seu condomínio de luxo. Ao final da revista e com muita vergonha, os familiares estavam em frente ao barraco e todos que passavam na rua de carro ou a pé assistiam aquela cena humilhante de um carro de polícia com o delegado e policiais revistando aquela família humilde. Ao final, o delegado e os policiais se despediram e partiram para a delegacia sem encontrar o anel tão precioso para Elizabete. Dona Cleonice, após se despedir dos policiais, pegou Milda pelo braço e foi imediatamente para o único quarto do barraco para ter uma conversa reservada com a filha, com o objetivo de esclarecer o que estava acontecendo.

– Filha, conte tudo o que você sabe sobre esse anel. Explique tudo – disse dona Cleonice, muito nervosa olhando fixamente para filha.

– Eu não sei nada sobre esse anel, mãe. Eu só brinquei de boneca o tempo todo e, pra falar a verdade, só brinquei com a minha boneca que ganhou cabelo e um olho costurado pela empregada Maria, pois as outras meninas não deixavam eu chegar perto da boneca delas. É verdade, mãe. Foi só isso – disse Milda tremendo de medo da mãe e dos policiais que ela pensava poderem levá-la para a prisão.

Todos da família ficaram muito abalados com o fato de policiais entrarem em sua casa e fazer uma revista tão minuciosa, tentando encontrar um anel que não estava escondido em sua casa. Seu Miro confiava em seus filhos e na boa educação que sua esposa dava a todos eles. A tristeza abateu profundamente aquela família.

Por volta do horário do almoço começava o alvoroço na cobertura por causa do retorno dos três filhos da igreja e também por uma série de perguntas que surgiram por parte da princesinha da casa, que foi respondida pela sua mãe; todos ficaram admirados do sumiço do anel e do relato de policiais terem feito uma revista na casa dos seus amigos que moram debaixo do viaduto. Os filhos ficaram tristes e chateados com a explicação da mãe. O caçulinha repetia constantemente:

– Não foram eles! Não foram eles! Não foram eles! NÃO FORAM ELES!

A irmã teve que tapar-lhe a boca com muito cuidado e pedir para o irmão parar de falar. E, sim, ele realmente parou.

– Mais tarde, o delegado telefonou para o sr. Richard II e relatou o fato de não ter sido encontrado nada no barraco debaixo do viaduto, o que não foi surpresa para o sr. Richard; logo após o telefonema do delegado, ele comunicou o fato a todos os familiares e sempre olhando atentamente para sua esposa, para ver a sua reação.

Com o passar do tempo as desconfianças só aumentaram sobre a família do barraco. A mãe era a única a solicitar constante vigilância por parte do delegado para fazer uma campana ou vigília a todos os receptadores de joias da sua cidade. O delegado atendeu ao pedido prontamente, mas nada foi encontrado semelhante ao anel descrito. O clima no trabalho estava ficando muito pesado para Valdo, pois todos no trabalho acabaram sabendo do fato ocorrido na casa do patrão e o único que pediu para ele continuar no trabalho foi o próprio sr. Richard, que chamou Valdo secretamente em sua sala e pediu para ele ficar, ao que ele atendeu sem comentar o fato com a família.

Em uma tarde, a mãe de uma colega de balé de sua filha, que mora no segundo andar do condomínio, proprietária de uma famosa marca de roupas femininas com lojas em todos os shoppings da cidade, a sra. Priscila pediu para conversar com ela em sua casa, ao que a sra. Margaret aceitou de imediato, pois elas eram muito amigas e suas filhas também. A sra. Margaret comprava muitas roupas na loja da amiga e levava as duas filhas para a aula de balé juntas. Na parte da manhã, a sra. Priscila foi ao apartamento de cobertura da amiga e aparentava certo nervosismo, se preocupou em fazer a visita em um horário que não havia nenhum dos filhos em casa e nem o marido, que estava trabalhando.

– Sabe, amiga... o motivo de minha visita é comunicar um fato muito desagradável. Eu não sei como falar esse assunto para você, e confesso que estou muito envergonhada – disse a sra. Priscila com o rosto ruborizado, parecendo um tomate vermelho.

– Não fique envergonhada, amiga. Diga o assunto naturalmente. Nada vai abalar a nossa amizade. Às vezes, um problema para uma pessoa não é um problema para a outra; as pessoas têm visões diferentes, ângulos diferentes de ver os problemas. Aprendi isso com o meu marido. Ele sempre tem uma saída estratégica para os problemas – disse a sra. Margaret, segurando carinhosamente na mão da amiga.

– Sim, é verdade minha amiga. Melhor eu respirar fundo e contar o motivo da minha visita – disse a sra. Priscila olhando para o chão e meio tristonha. – Margaret, toda noite eu dedico um tempo para brincar com minha filha no quarto dela. Geralmente, a gente brinca de boneca, pois é a brincadeira preferida dela, e ontem, brincando no quarto, notei que uma das bonecas tinha um anel que me chamou a atenção pelo seu brilho e pela sua beleza. Minha filha tem a mania de botar anéis nos dedos das bonecas. Esses anéis geralmente vêm de brinde de balas, ou dentro da caixa de cereais. Anéis sem muito valor, anéis de plástico, mas esse era diferente e brilhava muito. Ao pegar, notei que o anel era verdadeiro, pois conheço joias. Tomei um grande susto e, imediatamente, perguntei a ela: "onde você conseguiu esse anel?" Ela, no início, relutou em falar, mas depois disse que foi na casa de uma amiguinha. Eu perguntei mais uma vez: "qual amiga"? E ela me respondeu: "na casa da Elizabete"! Eu fiquei muito nervosa e comecei a fazer perguntas a ela de várias formas, até que ela chorou muito e me respondeu que pegou o anel para colocar na boneca e posteriormente pretendia devolver, em outra visita à casa da amiguinha, disse a sra. Priscila, com a face ruborizada e olhando para o chão.

A sra. Margaret ficou pálida com a notícia e, por alguns instantes, muda. Não sabia o que falar, passava pela sua mente todas as acusações e suspeitas que ela fizera contra a família do barraco embaixo do viaduto. Ela estava transtornada, sem ar, lívida como uma vela, o sangue lhe fugiu da face. Com muita dificuldade e gaguejando muito, disse:

– Eu... eu... entendo. As crianças nos surpreendem muito – falou a sra. Margaret com muita dificuldade e gaguejando um pouco em sua bela cobertura. – Amiga eu trouxe aqui embrulhado nesse papel fino de joias o anel de sua filha e notei que internamente tem gravado o nome dela e uma data. Ele é muito bonito, falou a dona da rede de lojas tirando da bolsa um pequeno embrulho de papel contendo o valioso anel de brilhantes com um diamante em uma de suas extremidades. Ao pegar aquele pequeno embrulho, Margaret conferiu a veracidade da informação, verificou o nome da filha dentro do anel, embrulhou-o novamente, com todo o cuidado, e disse:

– Muito obrigado por ter devolvido o anel, ele é muito importante para minha filha e nossa família. Eu hoje estou com um pouco de dor de cabeça e gostaria de me deitar um pouco – disse a sra. Margaret querendo despedir a amiga, que já tinha entendido o recado.

– Eu já vou partindo porque tenho mil coisas para fazer nas minhas lojas. Perto do Natal você sabe como é... as lojas ficam muito cheias e a confusão é imensa – disse a sra. Priscila tentando quebrar o gelo do motivo da visita, caminhando para a porta do elevador e ao mesmo tempo já se despedindo da amiga.

Após esse relato da amiga do condomínio, a sra. Margaret foi para o seu quarto, tomou um banho frio e se recostou na cama com uma almofada. Ela tinha o habito de falar com o seu cachorro quando tinha algum problema para resolver ou quando estava em uma situação difícil, e esse era um dos momentos; então, ela iniciou um diálogo com a mascote da casa, sossegada sobre um tapete do quarto.

– Que erro enorme eu cometi! Você ouviu a sra. Priscila dizer que a filha dela pegou o anel? Eu julguei errado toda a família do barraco, insinuando que eles tinham roubado o anel. E agora, o que eu faço? Como vou chegar diante de minha família e contar tudo que ocorreu? Tenho que telefonar para o delegado e pedir a suspensão das buscas, pois o anel já foi encontrado. Que situação desagradável! Eu sou a única nesta casa que acreditava que a Milda tinha roubado o anel. Eu tenho que pedir desculpas a toda família do barraco. Que vergonha, meu Deus... que vergonha! A sra. Margaret falava em voz moderada, ao conversar com o cachorro, que permanecia alheio a toda essa confusão. Mais tarde toda a família se reuniu para o jantar. Nesta hora, todos costumavam falar de todos os assuntos do dia, mas naquela noite a mãe pediu que todos ficassem em silêncio e, com uma voz embargada e um semblante triste, informou à família da cobertura luxuosa sobre seu engano:

– Hoje eu percebi que cometi um erro. Acusei levianamente a família do seu Miro, em especial a Milda, a menininha que veio brincar aqui em casa. Eu a acusei de ter furtado o anel da Elizabete e chamei a polícia, formalizei a denúncia e pedi inclusive para o delegado fazer uma busca na casa do seu Miro para procurar o anel, o que foi uma medida precipitada da minha parte – disse a mãe quase chorando.

Nesse momento, não se escutava um único som na mesa, o silêncio chegava a incomodar, todos prestavam total atenção à mãe, que continuou a falar após um gole de água.

– Hoje veio aqui em casa a minha amiga Priscila, do segundo andar, mãe de sua amiguinha do balé, filha. Ela veio me contar que sua menina pegou o anel para colocar na sua boneca e que tinha a intenção de devolvê-lo assim que voltasse à nossa casa para brincar – disse a sra. Margaret, derramando uma pequena lágrima e um pouco nervosa.

Nesse momento, ela tira do bolso de sua calça um pequeno embrulho e entrega a Elizabete.

– Mãe, é o meu anel! Que maravilha! – disse Elizabete, muito feliz por ter recuperado algo tão importante. Todos começam a falar ao mesmo tempo e o caçulinha disparou a repetir a mesma frase, um pouco agitado com a confusão:

– Não foram eles! Não foram eles! Não foram eles! Não foram eles! NÃO FORAM ELES!

A irmã, que se sentava ao seu lado, colocou delicadamente a mão na boca do irmãozinho, pedindo que ele parasse de falar, o que foi atendido imediatamente. Todos estavam perplexos com a notícia e falavam ao mesmo tempo. Apenas o pai assistia a tudo muito pensativo, com certo sorriso no canto da boca, dando a entender que sabia que não tinha sido Milda a ladra do anel. Então, ele anunciou:

– Vamos tomar as seguintes providências diante deste fato: uma delas é telefonar urgentemente para o delegado e informar que o anel já foi encontrado. Segundo, colocar o anel imediatamente no cofre e, terceiro, pedir desculpas à toda a família de dona Cleonice convidando todos eles para um lanche aqui em casa – disse o pai, muito animado.

Todos concordaram com um sonoro viva e muitos aplausos por parte de todos, principalmente da mãe.

O fim de semana se aproximava e, com ele, o Natal, uma das festas mais lindas do calendário cristão. O pai fez o convite por meio do Valdo, para que a família inteira do barraco embaixo do viaduto participasse de um chá da tarde na cobertura luxuosa do sr. Richard.

Era véspera de Natal, o tempo passava rápido e os preparativos para a festa eram sempre os mesmos, com um cardápio escolhido criteriosamente pela sra. Margaret. Tudo também estava preparado para a recepção da família convidada. A emoção e a ansiedade tomavam conta das crianças, que adoravam a família do barraco, como a mãe costumava se referir aos vizinhos mais pobres. À tarde, com os seguranças do condomínio avisados da visita um pouco estranha, chegam à cobertura os filhos do senhor Miro, o que causou estranheza, pois sr. Robert e sua família estavam esperando a todos. O patriarca foi o primeiro a perguntar:

– Onde estão os seus pais, Valdo?

– Não vieram, pois a casa não pode ficar sozinha. O senhor sabe como é... podem invadir e roubar as poucas coisas que temos – disse Valdo um tanto envergonhado, lembrando-se da acusação que a família sofreu injustamente.

Os dois meninos começaram a brincar, dessa vez de guerra, com soldados, canhões e todos os outros materiais de guerra, com os dois bonequinhos do Nono, ou Claudionor, sempre presentes. As meninas foram imediatamente para o quarto e começaram a brincar de boneca. Richard III convidou Valdo para mais uma emocionante partida de videogame na sala de jogos. Tudo corria muito bem entre os filhos das duas famílias, mas os donos da casa sentiram falta da irmã mais velha.

Valdo explicou que Milda não largava do pé de sua mãe, e que elas estavam sempre juntas. Milda já não via interesse em brincar de boneca, pois já estava ficando mocinha – disse o rapaz para a sra. Margaret.

O sr. Richard fez um sinal para Margaret ir ao quarto. Ele fazia isso sempre que tinha algo importante para comunicar à esposa, e ambos foram para a linda suíte.

– Meu amor, o seu Miro e dona Cleonice não vieram como nós esperávamos. Com certeza devem estar muito magoados com toda essa confusão do anel. A casa deles foi revistada nos mínimos detalhes e a menina Milda foi acusada de furto na delegacia de polícia, Valdo sofreu com comentários maldosos no trabalho. É lógico que eles devem estar muito chateados com a gente. É véspera de Natal e eu sinto no fundo do meu coração que temos que consertar esse erro tão profundo que nós causamos a esta família – disse o sr. Richard olhando fixamente para a esposa com um semblante de preocupação.

– Sim, é verdade, meu amor. Eu concordo, mas não sei o que fazer. Estamos na véspera de Natal e os empregados já estão preparando a ceia, os presentes já estão debaixo da árvore. Não seria melhor nós pensarmos nesse problema depois? – perguntou a sra. Margaret, com muitas dúvidas sobre o que fazer.

– Tive uma grande ideia! Vou contá-la durante o jantar para a nossa família e, se todos concordarem, seguiremos esse plano – disse o pai todo contente sem querer revelar a ideia para a esposa. Já estava ficando tarde e as crianças fizeram o famoso lanche tão esperado pelos filhos do seu Miro. Como sempre, Nono e Eduard comeram no chão da sala, sem parar de brincar, o que é típico da idade. A guerra fictícia estava muito animada, afinal de contas.

Após o lanche todos se despediram cordialmente, dessa vez uma despedida muito especial.

– Desejo a todos vocês um Feliz Natal, pois só depois do Natal poderemos brincar – disse Elizabete, um pouco triste e abraçando a amiguinha do seu lado. Eduard mais uma vez surpreendeu a todos, dando um abraço em Nono e desejando um Feliz Natal. E assim foram embora os filhos do seu Miro, com um pouco de resistência do Eduard, que a cada dia se encontrava melhor e mais controlado.

À noite, durante o jantar, o pai pediu silêncio e expôs finalmente a ideia que tivera:

– Amanhã é Natal e eu estava pensando em passar na parte da tarde na casa do seu Miro e da dona Cleonice para desejar um Feliz Natal e entregar um presentinho a cada uma das crianças. Uma coisa simples que nós tivermos em casa, como um brinquedo ou algo desse tipo. O que vocês acham da minha ideia?

Nesse momento, a garotada fez a maior gritaria, pois todos concordaram e aplaudiram com entusiasmo, menos a mãe, que agia com cautela. Até estava um pouco contente, mas tinha suas reservas em relação à família do viaduto. No entanto, era Natal e as luzes da árvore da cobertura faiscavam de tanto brilho. A família do condomínio, na parte da tarde, descia cada um com um presente na mão, a fim de entregar aos amiguinhos, que têm marcado profundamente os moradores da luxuosa cobertura. Foi uma grande surpresa. Dona Cleonice foi a primeira a ver aquela bela família bem-vestida, com roupas finas e sapatos sociais combinando com joias verdadeiras, contrastando com as roupas humildes e limpinhas da família do seu Miro. A reunião na porta do barraco estava começando; as pessoas que passavam na rua ou de carro não entendiam nada, o contraste era imenso entre as duas famílias, a distância socioeconômica era óbvia para todos que assistiam aquela cena. O sr. Richard II pediu a palavra e disse:

– Hoje é um dia muito especial, e nós estamos aqui para desejar um Feliz Natal a todos vocês, com um profundo pedido de desculpas em nome de nossa família. Cada um agora vai entregar uma pequena lembrança de Natal. Eles escolheram um presente para cada um de vocês o que eles mais gostariam de receber é o que vão dar de presente – disse o pai.

E assim cada um foi entregando o seu presente da seguinte forma: Nono ganhou vários soldados que ele gostava tanto das mãos de Eduard; Milda ganhou de Elizabete uma nova boneca linda; Valdo ganhou um relógio muito bonito do seu amigo Richard III; a sra. Margaret deu um estojo de maquiagem para a filha mais velha e uma panela de pressão linda para dona Cleonice, que precisava tanto. O sr. Richard II fez um suspense por alguns minutos e entregou uma pequena caixa ao seu Miro, que ao abri-la, pôde ver a chave de uma casa própria de um conjunto habitacional no bairro ao lado, que estava sendo construído pela empresa do sr. Richard II em parceria com o governo. Toda a família ficou muito contente em poder sair daquele barraco e morar em uma casa de verdade, comentou o seu Miro. Todos estavam muito felizes e já brincando com seus presentes, como Nono e Eduard. Então o seu Miro pediu a palavra e disse:

– Sr. Richard e sra. Margaret, ficamos tristes com o episódio do anel, mas isso já é passado. Estamos vindo da igreja hoje na parte da manhã. Não podemos ir sempre, pois gastamos muito dinheiro de passagem, mas eu gostaria de ler um versículo que nos inspira nesse dia de Natal.

Nesse momento, todos estavam fazendo um círculo em volta da árvore de Natal de galho de goiabeira. A sra. Margarete estava abraçada com a dona Cleonice, e todos estavam de mão dadas. Um espírito de Natal invadiu aqueles corações e, de maneira inexplicável, o amor e a compreensão estavam presentes. Seu Miro sacou um pequeno livro do bolso, que foi identificado logo como a Bíblia, e leu um belo trecho de suas muitas páginas.

– Prestem atenção! Assim diz a palavra: "Hoje na cidade de Davi nasceu o Salvador, que é Cristo, o Senhor". Lucas, capítulo 2, versículo 11. Eu queria apenas dizer que o verdadeiro espírito de Natal é este: nós nos confraternizarmos juntos e sentir o amor entre nós; o verdadeiro aniversariante é esse que eu acabei de ler na Bíblia – disse o pedreiro em suas emocionantes palavras.

O verdadeiro espírito de Natal estava reinando naquele humilde lugar. A sra. Margaret chorou abraçada à dona Cleonice.

– Hoje eu aprendi uma grande lição – disse Margaret.

As meninas se abraçaram, Valdo deu um forte aperto de mão em seu amigo Richard III, e os dois caçulas brincavam meio alheios a tudo. Em certo momento, o Eduard disse:

– Hoje é o Natal mais feliz da minha vida. Eu sinto o Espírito de Natal. – Nesse momento, uma pequena lágrima desceu dos olhos do sr. Richard II, pois o filho já estava praticamente curado de um problema antigo, segundo a médica do caçulinha. Todos começaram a cantar em volta da árvore de Natal, ao que o senhor Richard segredou à sua esposa:

– Esse é o verdadeiro espírito do Natal, meu amor – disse baixinho dando um abraço carinhoso e um beijo nela.

– Sim! – ela disse. – É o verdadeiro Espírito do Natal.

Os presentes que ela nunca pôde dar

Por Daiane Provenzano

Emma sempre achou o período de Natal a época mais legal do ano. O fato de seu aniversário ser em dezembro colaborava muito para provocar nela toda aquela empolgação. De qualquer maneira, sentia que o Natal era algo muito maior do que qualquer aniversário. Sempre ouviu afirmações de que a época do Natal é feita de puro consumismo e frivolidades, cheia de hipocrisia, festas chatas com pessoas das quais você não gosta, excesso de comida e criada apenas para alimentar o comércio. Alguns diziam que "se arrumar só para ficar na sala de casa" era uma grande besteira. Que heresia! Ela não costumava levar em consideração esse tipo de comentário. Tinha sua própria opinião muito bem formada a respeito. Respondia em tom de brincadeira que apenas "pessoas de coração peludo" falavam assim sobre o Natal.

Ao pensar nesse assunto instantaneamente era tocada pela profundidade dos sentimentos despertados por essa época. Um momento tão forte como esse pode guardar as mais doces lembranças e as mais arraigadas tristezas, tudo depende do prisma por onde se vê. Talvez o Natal de fato cause sentimentos ambíguos, mas não nela. Emma conservava no coração todo o frescor infantil que permeia esses dias, guardava na mente todos os cheiros da estação, a lembrança angelical das luzes piscando em todos os lugares, o aroma das comidas tão aguardadas durante todo o ano para serem saboreadas nesse dia de forma tão especial. Lembrava-se do cheiro da chuva que sempre caía nos finais de tarde dezembrinos, daquelas tardes tão quentes de final de primavera, prelúdio do verão com os dias mais longos e avermelhados onde o sol sempre parecia se despedir mais tardiamente. Recordava-se de ver os adultos saindo do trabalho ainda com o sol brilhando e de ver as crianças brincando na rua por mais tempo, ria ao pensar que já fez parte do grupo das crianças e agora fazia parte do grupo dos adultos também.

Sem falar no espírito de união que parece simplesmente ressurgir nos corações das pessoas nessa época. A amabilidade no olhar, a compaixão, as trocas de carinho, de mensagens, de abraços, de afeto, doação de tempo, de dinheiro, de alimento e de presentes também.

Rememorou a delícia de montar a árvore, sua parte favorita desde criança, decorar a casa, comprar cartões de Natal, ir ao centro da cidade comprar um novo pisca-pisca porque o do ano anterior só funciona metade das lâmpadas. Pensou naquela bagunça gostosa de "quem vai trazer o quê" de comida e da discussão feliz e acalorada para saber em qual casa vai ser a festa daquele ano. Para Emma esse período sempre trouxe tantas boas lembranças que todos os anos ela se sentia ansiosa quando via dezembro despontar no horizonte dos meses.

Neste ano, porém, pela primeira vez ela não se sentiu ansiosa, nem empolgada e nem feliz. Sentiu-se com medo. Medo de todas as dores que passou e que acreditava que viria a passar. Medo de tudo aquilo que não podia controlar e que poderia sem mais nem menos lhe roubar o ar, a felicidade, a paz. Aquela faísca de alegria pronta a ser tornar uma grande fogueira não se acendeu. Tantas coisas haviam acontecido nos últimos tempos, tempos sombrios. Emma começou a pensar se não seriam verdade todos aqueles comentários ácidos sobre o Natal. Deixou-se levar pela tristeza e deu vazão a todos os sentimentos indigestos que rodeavam seu coração. Questionou sua fé e suas certezas. Será que toda essa sombra é forte o suficiente para apagar a real luz do Natal? Ou será que a luz desse momento vai brilhar sempre mais forte independente do que aconteça?

As lágrimas rolaram enquanto ela refletia sobre o sentido de tudo aquilo. A dor nos faz valorizar o que realmente importa, sendo assim, que tipo de presentes devemos dar a quem amamos? E o que queremos receber? Pensou sobre os presentes que realmente gostaria de dar naquele Natal. Eram presentes que certamente fugiam da sua capacidade de prover, mas que, ainda assim, queria poder entregar de alguma forma. O cansaço a fez adormecer e embarcar num sonho tão profundo e palpável que parecia até ser real.

No sonho, um cheiro delicioso de panetone pairava no ar e ela podia sentir mais aromas vindo do forno, uma música com sinos tocava suavemente ao fundo quando Emma avistou a árvore de Natal perfeitamente decorada. Ela estava sozinha e pôde apreciar cada detalhe daquilo que até parecia ser a casa do Papai Noel. Tinha até lareira com meias penduradas. Embaixo da árvore, havia muitas caixas de presentes com variadas formas e tamanhos e a curiosidade de encontrar o seu presente a fez vasculhar as caixas. Descobriu que todas elas tinham etiquetas com os nomes do doador e do destinatário dos presentes e surpreendeu-se ao constatar que seu nome estava em todas as etiquetas como a doadora de todos os presentes. Sem pensar duas vezes, pegou a primeira caixa em formato retangular e abriu. Saltou dali uma carta com lindas letras douradas e com a seguinte mensagem:

"*Ao meu avô amado, um dos homens mais doces que eu já conheci e de quem a vida foi tirada pelas duras consequências de uma cruel pandemia, eu daria como presente mais tempo. Tempo para que ele pudesse comemorar mais um aniversário, tempo para tomar um pouco mais dos sorvetes que ele adorava, tempo para ver algumas dores emocionais se curarem. Tempo para mais uma vez segurar as mãos da minha vó e abraçar seus filhos e netos. Tempo para entender que o tempo é sábio, mas, que também é duro e, às vezes, castiga. Tempo para viver mais um dia de sol ao meu lado. Também daria a ele coragem para fazer tudo aquilo que precisava ser feito, força para tomar as rédeas onde fosse preciso e voz para não silenciar quando algo precisasse ser dito.*"

Emma ficou chocada! Será que todos aqueles presentes seriam coisas abstratas que ela decidiu dar às pessoas? E se elas não gostassem ou não entendessem sua intenção? Abriu mais uma caixa na esperança de ter algo mais concreto, como um vestido ou um perfume, mas no lugar encontrou outra carta flutuante.

"*À querida minha avó eu daria a capacidade de ver futuro, para que ela pudesse ver o que algumas de suas escolhas poderiam causar. Daria também a chance de fazer novas escolhas, daria a compreensão e o amor para que suas decisões fossem todas pautadas pela bondade. Daria também o perdão para que ela o sentisse e o estendesse aos outros. Traria de volta suas memórias já enfraquecidas pelo tempo e faria com que ela pudesse amar e sorrir novamente."*

Como aquilo poderia estar acontecendo? Alguém invadiu seus pensamentos e transformou tudo em presentes que em breve as pessoas iriam receber, aquilo poderia ser um desastre, ou talvez não... Caixa após caixa, ela foi abrindo e lendo cada presente.

"*Ao meu estimado outro avô daria compaixão, perdão e intimidade. Compaixão para que ele se sentisse compreendido pelas escolhas que fez e compreendesse também os sentimentos que causou ao fazê-las. Perdão para que os fardos da vida não o castigassem tanto e intimidade para que ele pudesse conhecer mais a fundo sua própria família, desfrutar de todos os momentos com eles, do mais singelo ao mais especial, aprender e ensinar com aqueles que ele ama.*"

"*À minha amada outra avó eu daria tantas coisas! Ela é uma verdadeira força da natureza e detentora do merecimento dos melhores presentes do mundo. Mas, nesse momento, eu lhe daria cura. Cura física para a doença indissolúvel que fere o seu corpo, cura emocional para as dores tão profundas que seu coração carrega e cura psicológica para sua mente tão lúcida, inteligente e perspicaz, mas tão exausta e calejada pelo medo, ansiedade, estresse e as raivas que a vida lhe causou. Daria a ela o poder de transformar toda a sua enorme fé em pura saúde e daria a ela longos e lindos anos de vida feliz.*"

"*À minha mãe eu daria o poder de ver o quanto ela é gigante e linda em todos os sentidos. Que mulher incrível! Daria também o poder de dominar suas emoções sem ser dominada por elas. Daria a ela a resiliência de um rio, que contorna todos os seus obstáculos e segue seu fluxo sem titubear. Daria todos os sonhos do mundo, a capacidade de realizá-los e a certeza de quem nunca é tarde para tentar algo novo."*

"Ao meu pai eu daria a chance de começar do zero, mas do zero lá atrás, ainda jovem. Daria sabedoria para tecer melhor as suas escolhas e usar bem o seu incrível dom da comunicação. Daria o poder de enxergar que o verdadeiro amor estava bem ao alcance das mãos. Entregaria a ele a capacidade de cuidar bem de perto daqueles que ele amava e que realmente precisavam de seus cuidados. Daria também o perdão como argamassa para construir novas e sólidas pontes, a retidão como escudo e a fidelidade como princípio."

"Aos meus irmãos eu daria companheirismo, verdade, altruísmo e benignidade. Daria a eles e a mim a capacidade de entender que fomos os primeiros amigos uns dos outros, que juntos aprendemos a dividir, a amar, a construir. Daria a nós o poder de voltar à infância e observar nossa inocência, trazer de lá a cura para todo o mal que a vida nos impôs e levaria para o fundo do oceano as dores, os erros e a distância que um dia nos dilacerou."

"Aos meus amigos daria a segurança de uma amizade sólida, tranquila e fundamentada no respeito. Daria a certeza de que são amados e compreendidos a despeito de quaisquer diferenças que venhamos a ter. Daria inteligência em suas decisões e sucesso em seus caminhos. E muitas noites com carboidratos, bebidas gostosas e muitas risadas. Daria as viagens tão sonhadas e nunca realizadas em grupo. Daria a verdade acima de qualquer coisa, para nunca ferir aqueles a quem tanto amamos."

"Ao meu amor eu daria tudo, tudo mesmo! Meu tempo, minha vida, meus recursos, minhas lágrimas, meus abraços, meu colo, minhas broncas, minha força e minha fraqueza. A esse homem tão especial que segurou em suas mãos com tanto cuidado o meu coração ferido, eu daria o poder de enxergar a Deus em todos os detalhes, daria o poder de mover montanhas que só a fé dá e realizaria todos os seus sonhos. Daria a ele todas as estrelas, todos os sorrisos e o guardaria de todo o mau e de todo o perigo desse mundo."

"A outros familiares amados e a pessoas queridas que, assim como eu, também perderam pessoas importantes, seja por culpa de um vírus, seja por culpa de outros fatores que não podemos controlar, daria consolo para suas perdas e colo paras suas dores. Daria a elas a esperança de que um dia não haverá mais lágrimas e um novo e profundo abraço os unirá novamente aos amados que se foram."

"À toda a humanidade eu daria a capacidade de enxergar suas falhas e reparar seus erros. Perceber ainda que somos mesmo todos iguais e que, se quisermos, podemos sempre nos colocar no lugar do outro, não agindo com ninguém da forma como não gostaríamos que fizessem conosco. Daria a todos o poder de compreender que esse planeta é nosso lar e que esse lar precisa ser cuidado, que cada ser vivo é nosso próximo e que ser um humano não nos torna melhor e nem superior a nenhum outro ser vivo. Daria a todas as pessoas a habilidade de se reconectar com a natureza e de sentir a presença real do Criador em meio às suas criaturas."

Então Emma chegou a uma última caixa e nessa havia apenas o seu nome escrito, pensou enfim ter encontrado seu presente. Ao abri-la percebeu que a parte interna da caixa era maior do que aparentava e que lá dentro havia uma espécie de tela, mostrando um filme antigo. Cenas mostravam um casal entrando em um estábulo e a moça parecia estar prestes a dar à luz, os animais abriam espaço e pareciam ansiosos pelo que estava por vir. De repente, ouviu-se um grito seguido por um choro de bebê e sorrisos com lágrimas vindos da mãe. Ele nasceu, o bebezinho nasceu como um presente para o mundo. Os animais estavam em festa, as estrelas cintilavam, os pais agradeciam e louvavam a Deus pela vida do menino, os anjos cantavam e simplesmente, sem o menor aviso, Emma acordou.

Demorou alguns segundos para que ela entendesse que estava acordando de um sonho do qual gostaria de não ter acordado. Ela estava vendo um dos momentos mais lindos da história da humanidade e não queria ter sido tirada dali por causa do barulho de um ônibus velho passando na rua. Sua primeira reação foi se sentir frustrada, mas de imediato foi tomada por outro pensamento. Estava começando a entender a mensagem por trás de tudo aquilo.

O real sentido do Natal é relembrar o nascimento de Jesus, e Ele, verdadeiro motivo de comemoração, nos foi dado como presente. É isso o que torna o Natal tão especial, na verdade. O nascimento de Cristo não foi uma troca de presentes, pois nada temos a oferecer em troca de ganharmos o Salvador. Jesus nos foi dado de forma gratuita, sem que Deus exigisse nada em troca. Quão poderoso é ganhar um presente assim.

Em seu sonho, Emma visualizou todos aqueles presentes que gostaria de dar a seus amados, porém, aqueles eram presentes que ela nunca conseguiria oferecer. Lembrou-se do presente que ela mesma havia ganho e entendeu que somente Jesus pode oferecer todos aqueles presentes que ela gostaria de dar. E

Ele faz isso sem distinção, sem escolher, sem ao menos medir ou julgar os méritos, Jesus simplesmente dá a todos os que O buscam de coração. Ele provê os mais variados presentes para as mais variadas necessidades, dá paz e descanso ao cansado, dá o alívio para as dores, o perdão para os erros, a sabedoria para as escolhas e o tempo para todo o agir. Ele, mais do que qualquer coisa, deu a sua vida pela humanidade e não há presente mais precioso do que esse.

Emma restaurou sua frágil fé e entendeu que sua longa lista de presentes poderia ser resumida em apenas um presente: "dar Jesus" a todos que encontrar nesse Natal e estender esse valioso presente para todas as outras épocas do ano. Permitir a cada dia ser um instrumento nas mãos dEle e comemorar o Natal com alegria, lembrando-se de que, por causa dEle, essa sempre será uma época muito, muito especial.

"...e ela deu à luz o seu filho primogênito, enfaixou-o e o deitou numa manjedoura, porque não havia lugar para eles na hospedaria. Havia, naquela mesma região, pastores que viviam nos campos e guardavam o seu rebanho durante as vigílias da noite. E um anjo do Senhor desceu onde eles estavam, e a glória do Senhor brilhou ao redor deles; e ficaram tomados de grande temor. O anjo, porém, lhes disse: 'Não temais; eis aqui vos trago boa-nova de grande alegria, que o será para todo o povo: é que hoje vos nasceu, na cidade de Davi, o Salvador, que é Cristo, o Senhor.'" – Lucas 2:7-11

Valores Natalinos

Por Iomara Larissa Luz de Aragão

Iêda acordou mais cedo naquele Natal. Pensou em tomar um chá antes de sair para uma breve caminhada matinal. Antes de sair do quarto, porém, sentou-se junto à escrivaninha e lembrou-se de sua Tia Zilda, com quem não conversava havia bastante tempo. A vontade de reencontrá-la era imensa, mas não conhecia a localidade exata, nem foi deixada comunicação sobre endereço ou telefone. O sol estava convidativo para sua caminhada rotineira, refletiu olhando para a janela ao ser descontraída pelo feixe de luz solar que já esquentava sua mão apoiada em um livro de capa amassada. Apressou-se em descer às escadarias e dirigiu-se ao jardim interno para colher uns grãos para o preparo de seu chá. Era Natal, muito em breve teria que ajustar as embalagens dos presentes para a distribuição na praça central. Havia muita expectativa sobre a noite de hoje. Sua missão era tão bela, contemplou com suspiro de satisfação, enquanto já aproveitava para soprar o vapor do chá que saía da xícara e embaçava seus óculos de grau. A vizinha estava simpática, dona Rita proferiu palavras bonitas e soltou um "bom dia" com muita alegria. Ainda era cedo, Iêda olhou o relógio enquanto corria, marcava exatas 6 horas. Daria tempo de embrulhar os pacotes para a Igreja da Praça Central e levar às 10 horas, ponderou rapidamente.

Um vento forte retirou seu chapéu, que ficou cheio de terra. Enquanto se abaixava para alcançá-lo, ouviu uma voz familiar que tinha um tom de riso ao fundo:

– Iedinha, que saudades, minha filha!

Iêda ergueu os olhos, mas seu interior já sentia, era mesmo Tia Zilda. A bagagem era enorme, mas sua parente se mostrava firme com seu salto de 15 centímetros. Abraçaram-se e riram muito, como de praxe riam na sala de jantar há uns 12 anos. Instada pela emoção, a sobrinha derruba a maleta que trazia os perfumes de sua tia. Elas não percebem e caminham para a casa de Iêda. As explicações sobre as ausências foram relatadas e compreendidas, a emoção de um encontro-surpresa perto do parque municipal trouxe contentamento naquele dia de Natal para as duas. Sua tia conhecia a cidade e por meio de amigos da família conseguiu o endereço de sua sobrinha. Elas embrulharam os presentes para a distribuição solidária na Praça Central. Iêda realmente estava radiante, havia mesmo emagrecido com as dietas e as corridas rotineiras pela manhã, estava decidida em sua vida, sabia também que tocar piano na Igreja era representativo de muita consagração a Deus, alegrava-se tanto por sua tia ter voltado à cidade depois das viagens pela América. Não olvidou em oferecer uns chás e grãos de fina especiaria, que solenizavam aquele momento de tamanho entusiasmo. Os familiares de Tia Zilda decidiram retornar em outro momento ao Brasil. O que importa é que tia e sobrinha iriam entregar os presentes na Igreja e estavam verdadeiramente emocionadas.

Dirigiram-se à Igreja para realizar as doações, quando Zilda se lembrou da maleta e dos perfumes. Iêda não quis retornar à casa, pois perderia o horário da entrega dos presentes aos moradores da região. A discussão se intensificava, quando

Danilo, marido de Iêda e que passou duas noites na vigília da Igreja, encontrou as duas. Ele estava aparentemente cansado, ministrou cultos numa tarde e só naquele momento encontrava Iêda, com sacolas e embrulhos aos montes e também Zilda, familiar que somente lhe foi apresentada naquela ocasião. Tia Zilda se inquietava pelos perfumes e Iêda se angustiava por ter perdido a maleta de sua tia. Danilo se desequilibrou por um instante, quando um menino de aproximadamente 10 anos de idade surgiu e amparou o pastor, e, com a voz mansa, perguntou:

– Vocês são família?

Iêda responde com zelo que sim, mas explicou que havia um conflito passageiro sobre maletas, perfumes, dores no tornozelo pelo excesso de peso de presentes passageiros. Ela realmente havia se chateado com toda a situação, por ter planejado o horário de 10 horas e já constavam quase 11 horas debaixo do sol nordestino, em calor e numa situação vexatória no meio de uma rua, próximo a um canteiro de vendedores de sanfonas e árvores de Natal de troncos retirados da natureza que já sujavam todo seu vestido de cetim.

Danilo, com certa aspereza, levava um olhar para longe dali, parecia intrigado mesmo com a situação de maleta de perfumes caros terem sumido e numa eventual reparação a dona Zilda, dos preços desse prejuízo. Pensava assim porque Zilda já chorava pelo calor da emoção e pela saudade de seus familiares, por ter perdido os perfumes tão diferenciados. O menino olhava para todos e parecia querer dizer mais do que poderia ali ser autorizado a falar, haja vista que a situação era um tanto singular. Ele olha para longe e alcança o lugar que o Pastor também fixava a atenção. Uma árvore tão frondosa estava sendo podada pela raiz para extração de seus frutos, tronco, folhas.

O menino usava roupas desgastadas e parecia perdido. Ele se dirigiu aos três assim:

– Vocês são família, então. Estão brigando por assunto sem nobreza alguma. Aquela árvore, estão vendo daqui? Estão cortando... eu dormia lá, encostado naquele tronco e me protegia do sol quente do dia. Agora ficarei sem casa de novo. Mas sabe que eu nem ligo tanto assim... Naquela Igreja Central, sabe... eu assisto aos cultos de lá, às vezes, recebo doações e comida dos moradores que me ajudam porque o abrigo que antes morava foi desconstruído. Mas sabe o que é importante mesmo? O perfume como o do culto que teve ontem, do puro nardo, de Cristo representar a união do Natal... o melhor perfume é o da gentileza, do amor que é gigante a ponto de abraçar um menino carente. Sabe o que eu acho, dona? Esses perfumes são passageiros... eu, pelo menos, nem passei cheiro faz uns anos que não cabem numa mão se eu for contar... ainda assim, eu busco me renovar todos os dias com o perfume da gentileza, do bem que fazem, da fé que tanto aprendi a ouvir e a praticar lá no culto.

Os três familiares se sensibilizaram e, numa fragilidade tão inesperada de um menino de rua, foram tomados por um consolo, um alento, por palavras e gestos tão especiais que foram o fato gerador de solução para aquele trivial incidente familiar. Caminharam os quatro para o Templo Central e, muito emocionados, trataram de oferecer um lar ao menino de olhar sorridente e voz mansa, que hesitava em aceitá-lo por timidez ou receio. Interessaram-se em adotá-lo. Houve compreensão e abraços muito sinceros naquele Natal.

Iêda se lembrou do início da manhã na escrivaninha, dos planejamentos e de como houve surpresas boas na linha do tempo. Agradeceu a Deus pelo momento nobre de reflexão naquela ambientação fraterna. Sentiu-se aliviada e esperançosa com a energia daquele dia tão especial, percebeu que aquilo que, inicialmente, aparentava ser motivo de discussão e frustração, tornou-se ocasião de tamanha graça e consagração de gentileza e solidariedade, típicas de um Natal tão bom, tão inesquecível.

Estações da vida

Brígida Neta de Freitas

Como de costume, Catarina Tanhakê realiza anualmente uma viagem que a conduz pelos vastos rincões deste imenso País. Em suas andanças recolhe sementes e mudas de árvores nativas, para compor a sua nobre coleção de relíquias. Com o intuito de recuperar a beleza e exuberância dos campos, nascentes e colinas, devolvendo aos viventes a renovação da mãe natureza.

Catarina adentra à cada comunidade para realizar oficinas verdes, cujo objetivo é erguer um viveiro de mudas das preciosidades existentes. Seu sonho é registrar até dia 24 de dezembro de cada ano a marca de 365 mil árvores aos respectivos biomas que fazem esta nação acumular a maior riqueza desejada por qualquer país.

Ao chegar nas comunidades, Catarina Tanhakê procura o ancião mais antigo e, ao redor da fogueira numa noite de luar, realiza o ritual da ancestralidade. Entoa uma cantoria em forma de gratidão e, em seguida, pede licença à comunidade para contar sua lenda. Cheia de esperança, Catarina Tanhakê convida o ancião para compartilhar a história de seu povo. Alimentados pelos vínculos de afetividade, amor, respeito mútuo, solidariedade e pela esperança da renovação, Catarina descortina a aurora do novo dia pedindo à Mãe Terra bençãos sobre toda a comunidade e às mãos de todos que se achegarem para iniciar o plantio.

Durante o plantio, Catarina Tanhakê canta, assobia e conta uma linda história sobre "A semente".

Num certo lugarejo um homem prepara o terreno para cultivar as sementes que mantém o sustento da família. O homem carpina, retira as pedras e os troncos. Observa também que é preciso realizar a poda de algumas árvores no entorno. Terreno preparado, terra molhada, é hora de lançar a semente. Neste momento, a semente se dá por completa à terra. Como um ato de confiança, apenas adormece para acordar plena. Trava lutas para garantir a nobre essência da vida.

Assim, como o semeador, conta a lenda nas aldeias que o Menino Dourado veio com uma grande missão:

Promover vida plena e em abundância. Semear a paz, o amor e a transformaç ão dos corações. Para esse plantio, o Menino Dourado lançou suas redes sobre toda a humanidade na esperança de alcançar a toda criatura e desejando tão somente fazer morada na essência de cada ser. Queria apenas uma morada que fosse aconchegante, calorosa e revigorante, como a queda das cachoeiras que abraça, acolhe sem nada exigir.

E Catarina Tanhakê continua nas suas andanças em busca de terrenos férteis para realizar o plantio do amor. Por isso insiste e acredita que a maior riqueza que um homem pode trazer em seu ser é a capacidade de renovação e esperança de fazer a semente da acolhida germinar em qualquer rincão deste País chamado Brasil.

Este livro foi composto por fonte
Electra LT Std, papel em Polén Soft 80 gr/m² e
impresso pela Lura Editorial, em São Paulo.